利《き》き蜜師《みつし》物語2

図書室の魔女

小林栗奈

六七質／画

利《き》き蜜師《みつし》物語2

図書室の魔女

小林栗奈

序章　旅立ち

水曜日は刺繍《ししゅう》の日だ。夕食を早めに終えた父さんたちが、勉強会だ親睦会だと出かけてしまうと、近所の子どもたちが刺繍布と針を手に集まってくる。サラのおばあちゃんは村一番の刺し手で、誰よりも沢山《たくさん》の文様を知っているし家には立派な模様帳がある。模様帳を覗きこみながら、みんなであれこれおしゃべりをして手を動かすのは楽しいひと時だ。

大きな作品を刺すのは雪に降りこめられる冬場だから、春から秋は手習いの季節だ。小さな物を刺しながら、少しずつ複雑な文様を習得していくのだ。

おばあちゃんが母さんに教えて、母さんがサラに教えてくれた沢山の文様。それを自分で刺せるようになったら、友だちと教えっこをする。サラは九歳だけど、村の娘たちの中ではかなりの刺し手で、今では年下の子どもたち、二、三人に基本の刺し方を教えるほどだった。まあ、半分は子守のようなものだけど。

この冬、サラは一人の新しい教え子を得た。村に滞在する利《き》き蜜師《みつし》の弟子、まゆだ。サラより四つ年上だけど都会育ちの彼女は、村の子どもたちが当たり前のように習ってきた刺繍をするのは初めてで、なんとこれまで針を持ったこともなかったと言う。

子どもたちの服にはお守りとして母親が刺繍を入れるものだが、まゆが着る服の刺繍はサラのおばあちゃんの手によるものだ。

「まゆは利き蜜師になるんだし、刺繍ができなくてもかまわないでしょ？」

刺繍を教えて欲しいと頼まれた時、サラはそう言った。

ずっと村で暮らして、ここで結婚しようとするなら、刺繍は料理と同じくらい絶対身につけなければならない娘たちの嗜《たしな》みだけど、まゆは利き蜜師になるのだ。

利き蜜師は蜂蜜の色や香を確かめて、わずかに口に含んだだけで、花の種類から産地、糖度、純度まで品質の全てを見極める。さらには、蜂蜜を通じて過去や時には未来を見通す力を持つ、特別な人たちだ。

利き蜜師になりたがる子どもは多いけれど、資質を認められ修業を許されるのは、ほんの一握り。まゆはその一握りの子どもで、金のマスターと呼ばれる最高位の利き蜜師にその才能を認められて、本格的に修業を始めたばかりだ。

「ものすごく勉強しなきゃいけないんでしょ。刺繍まで始めるの？」

「でも、やってみたい。ええと、一子相伝とか門外不出なら諦めるけど」

また難しいことを言い出すまゆに、サラは思わず吹き出した。利き蜜師の弟子は、やっぱり少し変わっている。

「そんな大仰《おおぎょう》なものじゃないってば」

それで、サラはまゆに刺繍を教えることになったのだ。まずは、子どもたちが最初に習う花形の模様からだ。一番やさしいのは菱形を五つ組み合わせた花で、これは曲線部分がないし、一つ菱形が刺せれば後は繰り返すだけだ。

針を持つのは初めてというまゆはずいぶん手こずっていたが、何とかやり遂げた。次に何の模様を刺そうかとサラが考えていたら、模様帳を見ていたまゆが一つを指差した。

「これが良い」

華やかな大輪の花だった。

「それは、まだちょっと無理だと思う」

サラは率直に言った。刺繍を始めたばかりの人に完成できるかどうか危ぶんだのだ。

「でも、これも菱形の組み合わせだよね」

まゆの言葉に、サラはおやと思った。確かに大輪の花はごく単純な菱形の集合からなっている。大きさや向きが違う物を重ねているだけで、実は技術的にはそんなに難しいものではない。必要な物は、時間と根気だ。

「それが気に入ったんなら、やってごらんよ」

声をかけたのは、おばあちゃんだ。

「私が布に図案を写してあげよう。これにはコツがあってね。沢山刺しているうちにどんどん上手になるから、まずは目だたない部分の菱形から刺していくんだよ」

おばあちゃんは色の違う鉛筆で白い布に図案を写してくれた。青と黄色とピンクだ。

「最初に青い部分を刺して、それが終わったら黄色、最後がピンクだよ」

図案を見て、サラは思わずうなずいた。全部を刺し終われば立派な花になるが仮にまゆが青い部分だけで止めてしまっても、それなりの模様になるようになっている。

「まあ、のんびりおやり」

「秋までに、できると良いんですけど」

「おや、誰かに贈り物でもするの？」

まゆは、小さくうなずいた。

そのやり取りがあったのが冬の終わりだ。それから二月《ふたつき》、まゆはコツコツと針を進めて、青い部分は全部刺してしまった。今は黄色の部分に取りかかっている。刺繍の日にはサラの家にやって来て、誰よりも遅くまで頑張っている。今日も、他の子たちは帰ってしまったのに、まゆはまだ残っていた。

サラの父さんと一緒に寄合に出かけた師匠を待ちながら、もくもくと手を動かしている。

「あ、ちょっと、まゆ。針を持ったまま寝ないでよ。危ないでしょ」

うつらうつらし始めたまゆから、サラは慌てて針と刺繍糸を取り上げた。もう半分眠っていたのか、まゆはあっさり針を離して、そのままコトンとテーブルにつっぷしてしまった。

ちょうど、温かいお茶を入れた母さんが部屋に入って来た。

「今日は帰りが遅いわね。あらあら、まゆは眠ってしまったの？　今夜はこのまま泊めてあげた方が良いかしらね。サラと一緒の寝台になってしまうけれど」

「でも、まゆと仙道《せんどう》さまは明日から旅行だって」

「ああ、そうだったわね」

いつになく父さんの帰りが遅いのは、利き蜜師が留守の間のことを、あれこれ打ち合わせているからだ。

「朝早いなら、なおのことまゆも仙道さまも家に泊まれば良いのに」

利き蜜師の家は村の外れにあって、サラの家から山の方にずいぶん歩くのだ。汽車の駅までは断然、この家からの方が近い。

「荷物もまだ準備していないって、まゆが言っていたから」

「まあ、言ってくれたら手伝いに行ったのに」

父さんと兄さん、利き蜜師が帰って来たのは、その時だ。もう遅い時間だからすぐに帰ろうとする利き蜜師を、母さんが引きとめた。

「お茶を一杯だけ飲んで行ってくださいな」

断る間もなく母さんはいそいそと台所に行ってしまう。仙道は小さく苦笑して、サラとまゆのいるテーブルにやって来た。眠っている弟子を起こそうとして、仙道はテーブルに広げられた刺繍布に目を留めた。

「これはまた、ずいぶんと難しそうなことをやっていますね」

「まゆが、どうしても、その模様がやりたいって。誰かの贈り物にするみたい」

仙道はうなずいた。完成したらさぞ華やかであろうその赤い花が似合う人に心あたりがあるみたいだった。仙道はそれから、サラの手もとに目をやった。

「あなたの模様はまた変わっていますね」

サラが刺しているのは花や鳥ではなく、もっと幾何学的な模様だ。母さんはもっと優しくて明るい模様にしなさいと言うけれど、サラは今これを作りたいのだ。

「サラが思いついた模様なのですか？」

「この前、お兄ちゃんがくれた手紙に飛行船の絵が入っていて、それから思いついたの」

サラの上の兄さんは、飛行船乗りになるのだと言って家を飛び出していった。船で下働きをしながら勉強を続けて、ついに見習い操縦士の資格を取ったのだ。前より沢山お給金も出るようになったからと家にもお金を送ってくれるようになった。

二度と帰って来るなと言っていた父さんの態度もずいぶんやわらいで、秋には一度、顔を見せに来ることになっていた。利き蜜師が、父さんと兄さんの間に入って色々と話をしてくれたらしいのだ。どうして、そんなに良くしてくれるのだろう。

じっと見つめると、仙道は首を傾《かし》げた。

「どうしました？　サラ」

「なんでもありません」

すると、仙道の方からお礼を言われてしまった。

「いつも、まゆに良くしてくれて、ありがとうございます」

「私は、別に何も」

「刺繍を教えてくれるだけでなくて、まゆと村の子たちが仲良くやれるように、色々考えてくれるでしょう」

「まゆには、私も色々教えてもらってるし」

お茶のカップを持って来た母さんも大きくうなずく。

「本当にね、まゆが勉強を見てくれるようになって、うちでは大助かりですよ」

村の学校はクラスが一つしかなくて、科目もレベルもごちゃごちゃの授業なのだ。ちょっとぼんやりしていると、何が何だかわからなくなってしまう。得意だったはずの算術で迷路に入ってしまったサラを、まゆが助けてくれたのだ。

利き蜜師として修業を始めたまゆは村の学校には通っていなくて、通信制で勉強を続けている。サラの為に、家から数年前の教科書やノートを取り寄せてくれたのだ。教え方も丁寧でわかりやすい。

母さんからお茶のカップを受け取った仙道は、まゆに声をかけた。

「まゆ、起きてください。そろそろ、お暇《いとま》しますよ」

「あ、お師匠」

身を起こしたまゆが、パチパチと目をしばたたかせる。

「さ、お茶をいただいて。寝ぼけて夜道は危ないですから」

「ごめんね、サラ。せっかく教えてくれたのに、眠っちゃって」

「まゆは、頑張りすぎなんだよ。もっと、のんびりやればいいのに」

サラの言葉に、まゆは小さく笑った。

「明日は長く汽車に乗るのでしょう？　酔ったりしないかしら」

まゆは村に来たばかりの頃は、ずいぶんと体が弱かったから、今でもサラの母さんは小さな子どもが相手みたいに心配をする。

「凪《なぎ》先生がハッカ飴を作ってくれたから、大丈夫です」


お茶を飲み終えて席を立つ仙道とまゆを、サラは戸口まで送った。

「行ってらっしゃい、仙道さま、まゆ」

「うん、行ってきます」

「あなたの巣箱を大切にしてくださいね、サラ」

「はい！」

「では、おやすみなさい」

歩き出す仙道の背に、サラの母さんが慌てて声をかけた。

「あ、待って。おばあちゃんが、待ってくださいって」

膝の悪いおばあちゃんが杖を突きながら、ゆっくりと奥の部屋から出てきたのだ。サラは慌てて、おばあちゃんを支えた。

「これをね、まゆに渡そうと思って」

おばあちゃんが手にしていたのは銀色の細長い布だ。

「これ……」

銀色の布には、まゆが刺繍した小さな花が連なっている。表側はきれいだったけれど裏側はヨレヨレだった物を、おばあちゃんが預かっていたのだ。飛び出したり、よじれていた糸はきれいに始末されて、端も銀糸でかがってある。まゆが初めて練習で刺した一連の花は、美しい銀色のリボンに仕上げられていた。

「ありがとう、おばあちゃん」

まゆが嬉しそうにリボンを受け取る。おばあちゃんは、まゆの髪を優しく撫ぜた。

「気をつけて、行っておいで」

それから、おばあちゃんはまゆの傍らに立つ仙道を見上げた。

「利き蜜師さまも、どうかお気をつけて。お帰りをお待ちしていますよ」

「はい、行ってきます」

学校に向かう子どものように、仙道は生真面目《きまじめ》に優しく答えた。風のように、一所に留まることのないと言われる利き蜜師だけど、今しばらくは彼らが帰る場所はここなのだ。その時が、いつまでも続くと良い。

守り蜂の小さな灯《ひ》に導かれ遠くなっていく利き蜜師とその弟子を、サラは母さんにもう寝なさいと叱られるまで、ずいぶん長いこと見送っていた。

一章　霧の古城

魔女がどこに住んでいるのか、知っていますか？
暗い森の奥？　荒れ果てた古城？　それとも、近づく者もない底なし沼のほとり？
いいえ。魔女は本当は、人間と同じ所に住んでいるのです。
人の想いが集まる所。それでいて、静かで落ちつける場所。
例えば、大きな古い図書室なんかに。

手書きに似せた柔らかな活字をそこまで読み拾ったところで、まゆは顔をあげた。雲間から顔を出した月が、シェードを上げたままの車窓から滑り込み、寝台に光の帯を作ったのだ。カタン、カタン。汽車は規則正しい車輪の音を立てて夜を走り抜ける。
夜のうちに国境を越えるのだと教えてくれた仙道は、二段になっている寝台の下の段でもう深い眠りについているのだろう。まゆは手にした本の続きが気になって眠る気になれないが、月はもう真夜中を過ぎたと教えてくれる。

ずっと同じ姿勢でいたから体が固まってしまったような気がして、まゆは首を回した。

「どうした？　もう寝るのか？」

まゆの手もとから、小さな声がした。本のページに止まり小さな金色の体をほのかに輝かせているのは、仙道の守り蜂である月花《げっか》だ。

コンパートメントの灯《あか》りは「はい、寝る時間です。消灯」の言葉と共に、仙道が消してしまったけれど、月花がこうして文字を照らしてくれているのだ。なんだかんだ言って月花はまゆに甘い。仙道も弟子の夜更かしを重ねては咎《とが》めなかったから、まゆは心行くまで読書を楽しむことにしたのだ。

「もうちょっとだけ」

「まあ、俺は眠くなったら昼間寝るから良いんだけどな」

旅の間、月花は仙道のシャツのポケットに潜り込んで眠っていることが多い。月花は、最高位の利き蜜師である金のマスターのみが従える金の守り蜂だから、その存在を知られると仙道の正体も明らかになってしまう。金のマスターであることは隠すべきことではないけれど、目的があっての旅で無用な騒ぎを起こしたくないというのが仙道の意向だ。それが羨望や好意、好奇心からなるものであっても、幼い弟子を人々の好奇の目から守りたいのだ。

まゆはまだその力をほとんど見たことはないが、月花は仙道の守り蜂。まゆの師匠を守り、支えるに足る力の持ち主だ。間違いなく、まゆよりも多くを知り、仙道に信頼されている。ほんの子どもに過ぎない利き蜜師の弟子より、ずっと偉いのだ。そんな月花を読書灯代わりに使うなんて、実はとんでもないことかもしれない。

「明日は目的地に着くんだ。仕事先であくびなんてするんじゃないぞ」

「平気だもん」

仙道の仕事に同行するのは初めてではない。役にはたたないまでも、足を引っぱらないくらいの分別はあるのだ。

「食堂車が開くのが七時だから、その少し前に起きれば大丈夫」

そう言えば、さっさと先に寝てしまった仙道は、意味ありげなことを言っていた。

「明日の朝、早起きすると素敵なことがあるんですけどね」

どんな素敵なことがあるかは、教えてくれなかったのだ。仙道が、そんな風に謎めいた言い方をするのは珍しいことではない。まゆが手にしている本にしてもそうだ。

そもそもこの本は、旅に出る前に仙道から渡されたものだった。

三日に渡る汽車の旅だから退屈しのぎになるでしょう。それに、これから向かう仕事先で役に立つかもしれないから、目を通しておきなさい。

そう言われ、蜂蜜の専門書かと思ったが、中味は子ども向けのお伽噺《とぎばなし》だった。挿絵も多く、短い話だから、あっと言う間に読んでしまった。まゆは、一度ならず二度、三度とページをめくった。仙道の投げた謎かけを解くためでもあったけれど、物語そのものにひかれたからだ。

魔女に呪《のろ》いをかけられた青年が、一人の娘と出会い、愛の力で呪いがとける。

どこにでもあるような物語だ。それなのに、丁寧に綴られた文章が、心地良くまゆの心に滑り込んでくる。詩のように美しい響きを持つ言葉と、確かに息づく登場人物たち。

「どんな人が、書いたんだろう」

まゆは、つぶやいた。ゆるりと打ち寄せてくる眠りの波に、素直に身を預けながら。

パタリと、微《かす》かな音をたててまゆの手から滑り落ちた本から、月花は静かに舞い上がった。

ほのかな金色の光が表紙に綴られた文字を照らした。

『図書室の魔女』

それが物語の題名だった。

まゆを目覚めさせたのは、月花の声だった。

「まゆ、起きてるか？」

シェードをあげたままの窓から、朝の光が差し込むにはまだ早い時間だ。小さくあくびをして、まゆは寝台に身を起こした。二段になった寝台だから上の段から汽車の天井はずいぶん近いが、小さなまゆなら頭をぶつけることもない。

「……うん、起きた」

昨夜は結局、本を読んでいて気づかぬうちに眠ってしまったのだ。まゆは、いつのまにか体の下敷きにしていた本を拾いあげた。

「起きたってさ、仙道」

月花の声は、仙道に向けられたものだ。

「おはようございます、まゆ」

朗らかな挨拶に、まゆは寝台の周りにめぐらされているカーテンを開けて顔を出した。既に身支度を整えた仙道が向かいの座席から、こちらを見あげていた。

「おはようございます」

「デッキにいますから、支度をしたらいらっしゃい」

仙道は上着を手に立ち上がった。師匠と弟子だし、まゆは十三歳になったばかりだから同じコンパートメントで旅をしても良いが、身支度の間は席を外すのがレディに対する礼儀なのだと、生真面目な仙道は言うのだ。夜着に着替えたわけでもなく、身支度と言っても顔を洗って髪を梳《と》かすくらいなのに。

「朝の風は冷たいから、上着を忘れずに」

そう言いおいて、仙道は月花を連れてコンパートメントを出て行った。まゆは毛布を畳んで、寝台から滑り降りた。二段作りの寝台は、客が食堂車で朝食をとっている間に係の人が片付けて普通の設《しつら》えに戻してくれるのだ。

大小並んだ二つのトランクのうち、小さい方がまゆのトランクだ。トランクからブラシを取り出すと、水差しの水で顔を洗って口をゆすぎ、髪を梳かした。

それから、まゆは銀色のリボンを取り出した。リボンに施された赤い刺繍はこの冬、年下のサラの手ほどきを受けながら、まゆが初めて仕上げた物だ。冬の間、雪に閉じ込められることの多い村の子どもたちは、祖母や母親から教わって、刺繍や組紐《くみひも》にせいを出す。そうやって伝統の文様や編み方を覚えていくのだ。まゆが挑戦したのは一番簡単な文様で、赤い花を幾つもつなげていくものだった。

「うん。まあ、初めてにしては上手だと思うな」

サラには微妙な褒め言葉をもらった。あの子は四歳の時には、これよりずっと複雑な刺繍をものにしていたらしいのだ。あまり上手にはできなかったけれど、自分で使う分には問題ないし、この色はまゆの黒髪に良くはえる。最近のお気に入りのリボンだった。

今取り掛かっている刺繍は、ちょっと手に余るほどの大作だけど、なんとか秋までに仕上げたい。母の誕生日があるからだ。そんな風に思えるようになったのは、カガミノで過ごす日々のおかげだ。

伸ばし始めた髪をリボンで一つにまとめて、編み上げ靴を履く。それで支度は済んだ。言われたとおりに上着を手にして、まゆはコンパートメントを出た。まだ早い時間だから廊下はひっそりしている。

窓の外には朝もやが立ち込めていて、汽車が今どのあたりを走っているのか、まゆにはよくわからなかった。春から夏へ季節は移ろうとしているのに、ずいぶんと空気は冷たく感じられた。デッキでは仙道が懐中時計に目を落としていた。

「良いタイミングですよ、まゆ」

「何があるんですか？」

早起きすると素敵なことがある。昨夜、仙道はそう言った。

「少し先に、素晴らしい景色を見ることができる場所があるんです。あなたにも、ぜひ見せてあげたいと思っていました」

まゆは首を傾げた。旅に出る前に、この地方については予習したのだ。仙道がそうまで言うほど素晴らしい景色が見られるならば、それなりに評判になるだろう。でも一般的な旅行案内にお薦めポイントは載っていなかったし、地図帖にも特別な記述はなかった。

デッキに立つのも仙道とまゆだけだ。仙道に手招かれて、まゆはすぐ側まで行った。

「滅多《めった》に見ることができないんです。気象条件が重ならないと。だから、知る人ぞ知る感じですね。コンパートメントの窓から見ている人は他にもいるかもしれないけれど、こんな寒い場所に朝早くから来る物好きは私たちくらいかもしれません」

朝もやが一際、深くなった。すうっと二、三度あたりの温度が下がった気がする。まるで冬の朝、外に出た瞬間のようだ。

そして次の瞬間、トンネルを抜けたように、一気にもやが晴れた。

「あ……」

まゆは、目の前に広がった光景に息を飲んだ。木々が、レールのすぐ側まで枝を伸ばしている。その枝は白銀に輝いていた。粉砂糖のようにキラキラとして、薄く木々を彩るものは。

「雪?」

「いいえ、氷です」

深い霧が明け方の寒さで凍りつき、木々を飾っているのだ。

「だって、春なのに」

「ここは古《いにしえ》より樹氷の谷と呼ばれた、特別な渓谷です。冷気が溜まりやすい地形で霧も発生しやすい。秋から春にかけてごくたまに、こうした景色が見られます。今日はまた、特別に素晴らしいけれど」

汽車は速度を緩めることもなく、樹氷の谷を通り過ぎた。幻のような景色は、ほんの数分で過去へと消えてしまった。

「かつては、魔物の住む谷と恐れられていたそうですよ」

「魔物？　銀蜂みたいな？」

「この地方の伝説では、魔女が住んでいたと」

まゆを促して車内に戻りながら仙道は続けた。

「汽車が通るまでは、徒歩で越えるしかなかった渓谷です。馬や、まして馬車が通るのは困難な道だったでしょうから。突然の冷え込みに命を落とす者も多かった。それで、この先の土地は孤立しがちだったのです」

暖かな車内に戻ると、全身の血が流れ始めるようだった。仙道は懐中時計を取り出して時間を確かめた。

「食堂車はもう開いたかな。朝食はまだでも、飲み物はいただけるでしょう」

食堂車は開いたばかりだった。まだ二人の他に客の姿はなく、朝食の準備には少し時間がかかると言われ、仙道とまゆは先に温かい紅茶を頼んだ。

運ばれてきた紅茶に添えられた物が、ミルクピッチャーと輪切りのレモン、ブラウンシュガーだけであることに、まゆは首を傾げた。蜂蜜が添えられていないなんて、考えられないことだ。

「頼めば持って来てくれますよ」

仙道は言った。少し声を潜めて続ける。

「ただ、このあたりの蜂蜜はそれほど質が良くありません。紅茶はそのままでいただきましょう」

それで、まゆはミルクティーを、仙道はレモンティーを飲んだ。紅茶自体は素晴らしく質の良いものだったが、やはり蜂蜜がないともの足りない。

「この地方は養蜂が盛んではなくて、蜂蜜はほとんどが外から運ばれてくるんです」

仙道が説明してくれた。

「経費もかさみますし、鉄道会社としてはこの紅茶に釣り合うだけの蜂蜜は提供できないと判断しているのでしょう」

「それじゃあ、今日のお昼に着く目的地も？」

旅の目的地は、ベルジュ城と呼ばれる由緒ある貴族の館だ。

「ええ。残念ながら、あなたの舌を満足させる蜂蜜はないでしょうね」

まゆは、ガッカリして思わず小さく唇を尖らせた。仙道につれられて、あちこち旅をするなかで何が楽しいと言えば、その土地ならではの蜂蜜を味わうことだ。今回も、仙道が利き蜜の依頼を受けたと思っていたのに。

「蜂蜜を調べに行くんじゃないんですか?」

「でも、あなたはきっと気に入ると思いますよ。蜂蜜には期待できないけれど、ベルジュ城には見事な図書室があるんです。まゆは本が好きでしょう?」

「好きですけど……」

「今回、私の仕事はその図書室の調査です」

まゆが初めて聞くことを、仙道は話した。もともと、この仕事は仙道が依頼主から直接受けたものではないのだ。先週、仙道は利き蜜師協会の本部に呼び出されて数日留守にした。ベルジュ城行きを告げられたのはそのすぐ後のことだから、この仕事は協会がらみなのかもしれない。

仙道はうなずいた。

「利き蜜師協会からの依頼なんです」

感情を表すことが少ない師匠だけど、どうもあまり気が進まないと思っていることは、まゆでもわかった。協会から帰って来た日も、何やら考え込んでいたのだ。以前、旧友のカスミから利き蜜の依頼を受けた時も、仙道はこんな風だった。また、何かあったのかもしれない。

「お師匠は……」

思い切って聞こうと思った時、テーブルの傍らに人影が落ちた。

「はいはい、お待たせしましたね」

両手で二つの皿を持ち、器用にもう一つの皿を肘《ひじ》のあたりにのせているのは、エプロンをつけた女性だった。まゆより少しだけ背が高いくらいだから、ずいぶん小柄な人だ。髪も真っ白で、おばあさんと呼んでも差し支えない年齢に見えたが、背筋はすっと伸びキビキビと立ち働いている。

婦人は魔法のように器用に三つの皿をテーブルに置いた。卵料理とマフィン、サラダがのった皿がそれぞれの前に、もう一つ小さな皿はまゆの前にだけ置かれた。フルフルと揺れるのは金色のゼリーだ。

「お嬢ちゃんには、おまけだよ」

「ありがとうございます」

デザートなのだろうけれど、なんとも気になって、まゆは添えられていた銀の匙でゼリーを一口だけ食べてみた。ふわっと口の中に蜂蜜の香りが広がる。

美味しいとつぶやく前に、まゆの表情でわかったのだろう。おばあさんは嬉しそうに笑った。

「おや、この味がわかるとは、お嬢ちゃんはなかなか良い舌を持っているね。うちの蜂蜜はなかなかのもんだろう」

「自家製ですか？」

「家の分しか作っていないけどね。それでも、息子たちが家を出て行って、前ほど蜂蜜も減らなくなったから、ここで時々使ってもらっているんだよ。お菓子の試作品を子どもさんにサービスさせてもらっているの」

おばあさんはエトナと名乗り、この汽車が向かう終着駅のすぐ近くに暮らしているのだと教えてくれた。

夕方の汽車に乗り込み食堂車で働く。夜は汽車に泊まって早朝に起きだし、朝食と昼食の手伝いをする。午後に着いた始発駅では鉄道会社の寮で数時間休憩し、また夕方の汽車に乗る。そんな流れで働いていて、今日は朝の食堂車を手伝って、昼食の仕込までを済ませたら仕事は上がりだと言う。

「若い頃は週に一度の休みでやって来たけれど今じゃ週に三度働くのがやっとよ」

「まゆは運が良かったんですね」

ちょうどエトナの勤務日にあたって、こんなおいしい蜂蜜入りゼリーを食べることができたのだ。

「樹氷も見られたし」

「おや、今朝は樹氷が見られたの？　気づかなかったわ、惜しいことをした」

エトナが本当に残念そうに言った。

「お嬢ちゃんは本当に運が良いのね。週に三度もこの汽車に乗っている私だって、あれを見られるのは一年に数度なのに」

そんなに珍しい光景だったのだ。仙道は、まゆが早起きさえすればかなりの確率で見られるような口ぶりだった。涼しい顔で紅茶を飲みながら、仙道は聞いた。

「エトナさんは、ここには長く住んでいらっしゃるんですか？」

「そうだね、三代前からか、四代前からか」

「私たちはベルジュ城に行くのですが、村でご当主の評判はいかがですか？」

エトナは食堂車を見回して他に客の姿もないことを確かめると、少しばかりおしゃべりしても大丈夫だろうと、まゆたちの方に身を乗り出してきた。仙道が椅子を勧めたが、それは断られてしまう。

「先代のご当主は気さくな方でね、村にもちょくちょく降りていらしたけれど、昨年代替わりなさったんだ。今の当主は城に籠りきりで、私は顔を見たこともないねえ。村の娘たちが行儀見習いで働きに行くけれど、すぐに村に戻されるところを見ると、気位の高い難しいお人柄なのかもしれないよ。体が弱くて、寝たきりだと聞くし」

「まだお若いと聞きましたが」

「二十一、二歳だと思うね。成人と同時に代替わりした筈《はず》だから」

「あまり村での評判はよろしくないと？」

「そういうわけじゃないんだけどね」

エトナはふうっと吐息をついた。

「もともと、ベルジュ城には、あまり良くない話があったのさ。もともとは養蜂で潤っていた村に、禁止令を出したのも昔の城主だし。不幸が続いて、あの城は一時は打ち捨てられていたんだよ。村の者も気味悪がって近づかなかったしね。それを買い取って、今みたいな観光名所にしたのが先代の伯爵さまなんだ。村に活気も戻って、先代は慕われている。でも今の当主さまは姿を見せてもくれないし、また村が寂《さび》れてしまうんじゃないかと、みんな不安なんだよ」

ベルジュ城は城の一部を公開していて、世界中から古城マニアが観光に来ているのだ。チューリップの庭園も見事なもので、それを目当てに集まる観光客も多い。だがそれも、代替わりしてからは今一つぱっとしないらしい。

「秋祭りなんかでも、以前は城が主導で色々なことをやってくれて、盛り上がったものだけど。農作物の品評会や、お菓子作りコンクール、仮装舞踏会なんかもね。今じゃ、ぜんぜん」

「城に不幸が続いたというのは？」

仙道が聞いた時、食堂車に数人の客が入って来た。エトナは仕事に戻らなければならない時間だ。まゆは、もう少しだけエトナの話を聞いていたかった。すると、エトナはこんなことを言い出したのだ。

「ねえ、お嬢ちゃん。食事が終わったらで良いから、ちょっとだけ配膳のお手伝いをしてくれるかい？　お礼にゼリーのレシピを教えてあげるよ」

「はい、ぜひ！」

まゆは元気良く答えた。勝手に決めてしまってから慌てて仙道を振り向けば、師匠は鷹揚《おうよう》にうなずいた。

「どうぞ、好きになさい。私はコンパートメントに戻って、のんびりしていますから」

食事を終えたまゆは、いそいそと厨房《ちゅうぼう》に走って行った。大きすぎてぶかぶかなエプロンを、エトナがうまい具合に紐で調整してやっている様子を目の端に、仙道は食堂車を後にした。

コンパートメントに戻り窓を開けると、金色の蜂が飛び込んできた。朝の散歩に出ていた月花が戻ったのだ。

「やっぱり、このあたりに情報をもたらしてくれそうな蜜蜂はいないな」

月花は言った。蜜蜂が全くいないわけではないが、個人が家でやっているような養蜂では集《つど》う蜂の姿が少なく情報が十分に集まらない。野生の蜜蜂はもちろんいるのだが、彼らは人に従う月花と気質的に合わないのだ。互いに害意を持つことはないし、外敵に対すれば団結して戦うが、何ごともなければ距離を置くのが常だ。

「そうですか」

土地に精通した協力者が得られないということだ。利き蜜師にとっては、喜ばしい事態ではない。

「考えようによっては銀蜂が入り込む余地もないってことだ。そういう意味では安心だな」

「いつもながら、お前の前向き思考には助けられますよ」

仙道は上着のポケットから、クリーム色の厚い封筒を取り出した。利き蜜師協会の意匠が打ち出された立派な封筒だ。座席に腰を下ろして、封筒の中味を取り出す。無駄に高級な手《て》漉《す》きの用紙に流麗なペンで書きつけられているのは、仙道に対する仕事の依頼書だ。依頼の形をとった命令。

これを渡して寄越した男の顔を思い出し、仙道はうんざりと吐息をついた。九十年近く生きてきて、怖いものもあまりなくなってきた仙道でも、苦手とする、できれば避けたい相手の一人や二人はいるのだ。

そのうちの一人に呼び出されたのは、二週間前のことだ。

「おお、仙道。待ちかねたぞ」

干しイチジクに似た老人は満面の笑みを浮かべて、仙道を迎え入れた。

利き蜜師協会の本部ビルは駅前一等地に建つ七階建てだが、その最上階に贅《ぜい》を尽くした会長室がある。部屋の主は、世界の利き蜜師の頂点に立つ会長モンクだ。協会の会長選は七年に一度行われるが再選を妨げない制度の為、モンクは既に八十年近くその職を独占している筈だ。協会の最長老でもある彼は、仙道より年長の唯一の会員だった。

「七度も呼び出しを無視されて、伝令の蜂が事故にあったのかと心配したぞ」

老人のしつこさに負けて呼び出しに応じたが、仙道に長居する気はなかった。上着も脱がず、むろん椅子になどかけない。もともと権威主義に陥った昨今の協会に興味はないのだ。できる限り距離を置きたいと思っている。それでも気ままな一人身だった時と違い、まゆという弟子を持ってしまった以上は最低限の付き合いを断つことはできない。

そんな仙道の心の内を見透かすように、モンク会長はニヤリと笑った。大変迷惑な話だが、会長は仙道が大のお気に入りなのだ。

「昨春は、ずいぶんと派手な活躍だったようだな。そのわりに、定時以外の報告はあがっていないようだが」

「そうでしたか？　特に報告する程のことはありませんでしたよ」

嫌味な口ぶりで訊ねてくる会長に、仙道は顔色一つ変えずにすっとぼけた。

旧友であるカスミから利き蜜の依頼を受けたのは、クローバーの花咲く春の終わりだった。彼の手もとには、使っても尽きることのない不思議な蜂蜜の壷があり、その鑑定をするよう求められたのだ。けれどまゆと共に訪れたその地で待っていたものは、想像をはるかに超える事件だった。

六十年前、仙道が封じた銀蜂に復活の気配があると、カスミは語った。その悪しき力はトコネムリと呼ばれる奇病として再び世界を蝕《むしば》みつつあると。カスミの得た情報と、仙道が感じる不穏な気配は現実のものとなった。

封印を解いた銀蜂に襲われたカスミとまゆは、蜂蜜の中に消えてしまった。まゆの力が過去への扉を開けたのだ。そこで、彼女が何を見て何を成し遂げたのか、仙道は正確には知らない。ただ過去の戦いで仙道とカスミが失ったものを、まゆは「過去見」の力で見ただろう。

銀蜂の王を退け、形ばかりの平穏が戻った時、仙道は利き蜜師協会への報告書に真実を記さなかった。仙道はただ、トコネムリの発症と銀蜂の目撃情報を報告しただけだ。元金のマスターであるカスミの死、および彼の守り蜂の消滅は、カスミの年齢を考えても事件になるほどの出来事ではない。

むろん、カスミの花場には無数の蜂がいたから、モンクの情報網から完全に逃れることはできないことはわかっていた。まゆとカスミが蜜の檻《おり》に囚われたこと。彼らを救い出すために、自分がかつて封印した技を復活させたことも、会長には知られているだろう。戦いの相手が、かつて封じた銀蜂であることも。

だが、まゆが何をしたかまでは知られてはいない筈だ。

まゆはあの時、過去を見るだけでなく自ら蜜の世界に飛び込み、そこに干渉したのだ。元金のマスターである仙道でさえ不可能だったことを、十二歳の子どもがやり遂げた。その事実を、利き蜜師協会に知られてはならない。

　気になることは、もう一つあった。まゆはいつの間にか、仙道とほぼ同じほど支障なく月花と言葉を交わしている。守り蜂の声は本来、主である利き蜜師でなければ人の言葉として受け止められない筈なのだ。時おり感覚の鋭い者が、言葉の欠片《かけら》を拾うことはあって、まゆも、そうだと思っていた。長く側にいるから自然に聞き取るようになったのだろうと。

　だがそれも、あの事件を境に劇的に変わった。まゆだけでなく月花の側の変化かもしれないが、今ではもう、誰の守り蜂かわからないほどだ。

「弟子も優秀なようだな」

　探りを入れてくるモンク会長に、仙道はのんびりと答えた。

「まだ、子どもですから」

　利き蜜の分野に限らず、子どもがその道の大家を唸らせる程の能力を見せることは珍しくない。十で天才、十五で秀才、二十過ぎればただの人、と言うくらいだ。

「まあ、いい。金の卵だ。しっかり監督するようにな」

「はい」

「それで、仕事の話だが」

「サフィール学園にまつわる仕事だと聞きましたが」

気が進まぬながら腰を上げたのは、八度目の伝言を届けた蜂がその言葉を囁《ささや》いたからだ。

まさか、仙道を呼び出す口実ではないだろう。

「長い時が過ぎた。協会の中でも、あの悲劇を実際に知る者は、私とお前だけになったな」

サフィール学園は今では伝説となった蜂蜜の専門学校だ。利き蜜師の養成所としても名高く世界中から優秀な学生が集った学び舎《や》に銀蜂の影が落ちた時、対抗手段を取ったのは利き蜜師協会の会長に就任したばかりの若きモンクだった。

彼は、一人の利き蜜師を学園に潜入させた。最高位の利き蜜師である金のマスターの名を持ちながら、学生と言って通用する若き天才、それが仙道だった。

仙道は銀蜂の王と対峙《たいじ》し封印することにこそ成功したが、犠牲はあまりにも大きかった。女生徒の一人は銀蜂の王と相打ちの形で命を落とし、他にも奇病トコネムリによって多くの生徒が亡くなった。命は助かれど心を壊してしまった者も多い。学園長その人が銀蜂の王に支配されていたこともあって、サフィール学園の廃校は免れなかったのだ。

サフィールの悲劇と呼ばれる悪夢から六十年以上の歳月が過ぎた。利き蜜協会の会長は当時を知る、わずかな人間だ。あの過去を背負い続けている。それが、仙道がモンクを切り捨てられない理由の一つだ。

「いったい、今度は何が起きたのです？」

仙道がようやく椅子に腰を下ろすと、モンク会長は嬉しそうに笑い、手ずから秘蔵の蜂蜜酒の準備をした。グラスを合わせると会長は切り出した。

「六十年前、サフィール学園が廃校になったおり、私は残務処理に奔走した」

心身共に傷つき前後不覚だった仙道は、そういった現実の騒動からは無縁の場所にいた。サフィール学園のその後を知ったのは事件から数年が過ぎた頃であり、その時には既に建物は取り壊されていたし、関係者の行方もわからなくなっていた。

備品や蔵書がどこに行ったのか知ったのは、それからさらに数年後のことだ。

「とりわけ私が心を砕いたのは、蔵書だ。貴重な資料だが、なにせ量が量だ。なかなか条件に合う保管場所は見つからなかった。その時、手を差し伸べた者がいる」

「ブランケンハイム伯爵ですね。名前は聞いたことがあります」

仙道は蜂蜜酒を一口飲んだ。

「書籍の収集家として名高い方だ。ご自身も作家である」

「作家として成功し、得た莫大な富で爵位と山深き古城を買ったのだ。その城にサフィール学園の蔵書を引き取ろうという申し出だった。購入ではなく、あくまで保管し管理すると言うことで、協会が保管料を払う形だが、願ってもない申し出だった」

サフィール学園の蔵書は密かに山深き古城に運び込まれた。そこで世に存在を知られることもなく、守られてきたのだ。協会が蔵書を必要とする時は、所属する利き蜜師が現地に派遣されるのだが、仙道はこれまでその城に行ったことはなかった。

「昨年、ブランケンハイム伯爵は爵位を孫娘に譲ったのだが、この現当主がこれ以上サフィール学園の蔵書を保管することはできないと通達してきた。夏までに全ての蔵書を引き取れと」

「それは、また……」

「困ったことになった」

収納場所の問題ではないのだ。協会の財力と地位をもってすれば、一等地に図書館を新築することはわけない。問題は、あの蔵書が気安く人の目に触れさせて良い類《たぐい》のものではないという点にある。人知れず、だが安全に保管し、必要であれば補修を行う。霧に阻まれた古城で、書籍収集家の元で管理される状況は最適な条件だったのだ。

「お前にはベルジュ城に行って欲しいのだ」

「翻意させろと？」

「むろんそれが最良だが、難しければせめて理由を知りたい。爵位を譲ったとはいえ先代はご存命だ。六十余年にわたる契約を破棄することが現当主の一存とも思えぬ。何か事情があるのだろう」

「それを、探って来いと」

「どうしても蔵書を動かさねばならない場合に備え、目録の整理を頼みたい。城に運び込んだ際の目録はある筈だから、実物と照らし合わせランクをつけるのだ。仮に引き取ることになっても全ては無理だ。三分の一か、四分の一、残りは廃棄することになろう。やたらな者には頼めない重大な任務だ。行ってくれるな？　仙道」

「かなり長い仕事になりそうですね」

「当主に追い出されなければな」

冗談とも本気ともつかない口調でモンクは言った。仙道は、しばし考え込んだ。モンクの言葉は理に適《かな》っている。断ることは難しそうだった。

「弟子を同行させても良いですか？」

カスミの花場で銀蜂を退けてから一年が過ぎようとしている。彼らの気配を感じることはないが、まゆを一人にしておきたくはない。カガミノの人々は信頼に足るが、邪悪な存在との戦いに慣れてはいないのだ。

それに、まゆは本が好きだ。カガミノの生活で彼女が唯一物足りなく思っているのは、村にあまり本がないことだと仙道は知っている。ベルジュ城の図書室は、まゆを満足させるだろう。

「かまわんよ」

モンクはうなずいた。

「現当主は若い女性だ。無聊《ぶりょう》をお慰めすることもできるだろう」

「それは、どうでしょうか」

まゆは誰からも好かれる優しい気質の少女だが、堅苦しい儀礼が得意な方ではない。爵位を持つような女当主の相手は気づまりだろう。

やはり連れて行くのはよそうと口を開きかけた仙道を遮るように、モンクはにこやかに続けた。

「お前の弟子には期待しているぞ。子どもの澄んだ目と柔らかな頭でこそ見えてくるものがある。自慢の弟子に、近いうちにぜひ会わせて欲しいものだな」

仙道が連れて行かなければ、モンクはカガミノに乗り込んでまゆと接触を試みるつもりだと知れた。

今はまだ早すぎる。あの素直な心を持った子どもでは、目的の為に手段を選ばない老獪《ろうかい》なモンクに対抗できる筈がない。モンクがまゆに興味を持てば、仙道の庇護下から連れ去られてしまう。

「良い報告ができるよう、最善を尽くしますよ」

苦い想いを飲み込んで仙道は答えた。

モンクとのやりとりを思い出すと、また腹が立ってきて危うく手にした書状を握りつぶすところだった。仙道は深い呼吸をして気持ちを立て直す。

月花がコンパートメントの中を、クルクルと飛び回った。

「そう言えば、まゆはどこ行った？」

「食堂で蜂蜜ゼリーのレシピを教わっていますよ」

あの調子だと終着駅に着くギリギリまで戻らないかもしれない。仙道はコンパートメントを見回して、まゆの荷物が既にまとめてあることを確かめた。両親に厳しく躾《しつ》けられたまゆは、いつでも身の回りをきちんと片付けている。

トランクに入れられていないのは、帽子掛けにかけられたボンネットと、ティーテーブルに置かれた一冊の本だけだ。これは上着のポケットに入れるつもりで、ここに置いてあるのだろう。

「その本、あんたも読んだのか？」

「ええ。モンク会長に押しつけられた以上、今度の調査に何らかの関わりがあるでしょうから」

「ブランケンハイムのじいさんが書いた本だって？」

「ええ。ただ、商業出版された物ではないようですよ。あの方が作家活動をしていたのは半世紀以上も前のことで、筆を折って古城に引きこもったのです。この本は、比較的最近になって、自費で出した物だと」

「魔女に呪われた王子か。懐古趣味でもなけりゃ、なんらかのメッセージなんだろうな」

「そうですね。穢《けが》れた大人の私には何も読み取れませんけど」

まゆは何かを読み取ったかもしれない。他愛《たわい》ない話を、ずいぶんと気に入ったようだ。

汽車が目的地に到着するまでは、まだずいぶんと時間があった。まゆが戻る気配もない。仙道は上着を脱ぐと、本を手にして座席にごろりと横になった。穏やかな朝の光の中で、ゆっくりとページをめくっていく。

月花はしばらく仙道の周囲を飛び回っていたが、やがて退屈したのか再び開いたままの窓から外へと飛び出して行った。


「これは、なかなか壮絶そうな道のりですね」

乗り合い馬車から降り立った仙道は、思わず御者《ぎょしゃ》を振り仰いだ。

「ここが本当にベルジュ城ですか？」

「確かにベルジュ城だよ。ただ敷地の端っこだね」

御者は幾らか気の毒そうな顔をした。

「先月までは城の正面玄関まで馬車を乗りつけることが許されていたんだがね。今じゃ、ベルジュ城目当ての客はここで降ろすように言われている。馬車は通れないけれど、歩くならこの道が最短距離だ。これじゃあ、客足が遠のくのも無理ないね」

「そうですか。ありがとう」

ひと時はけっこうな観光名所だった筈なのに、馬車を降りるのは仙道とまゆだけだった。馬車がここまで走るのは日に四回。それでも午前中の馬車では数人の客を運んだらしい。

走り去る馬車を見送ってから、仙道は腕組みをした。

「あそこに見えているのが城の正面玄関とすれば、三十分ほどですかね。まゆ、歩けますか？　ほら、トランクを貸しなさい」

舗装された道路ならトランクを引きずって行くこともできるが、充分に手入れをされているとは言い難い土の道だ。トランクをずっと持ち上げて行かなければならない。細身でも鍛えている仙道には何ということもないが、まゆには大変な道のりだろう。

「これくらい、へっちゃらです」

まゆは、自分のトランクを抱え上げた。仙道の物に比べればだいぶ小さいが、実は中味のせいでけっこう重いのだ。

「さっ、行きましょう。お師匠」

まゆは元気良く先に立って歩き出した。仙道は黙って続いた。途中で辛そうになったら無理矢理にでもトランクを持ってやろうと思いながら、自分が決めつけていたよりずっと、まゆは体力もついてきて丈夫になったことに気づいたのだ。最初に出会った時の印象がなかなか消えずに、ついつい、まゆを壊れやすい人形のように扱ってしまう。

仙道は、まゆが張り切りすぎないように、普段より少しゆっくりと歩いた。山を背に平原が広がるカガミノとは違い、このあたりは基本的に深い山だ。城の敷地内とはいえ一筋の道は樹齢数百年を越える木々が生い茂っている。緑の壁が迫ってくるようだ。

「これはモミの木ですね。以前、このあたりで養蜂が盛んだった頃は主な蜜源だったでしょう」

まゆは足を止めて、背丈の何倍もの高さのある針葉樹を見あげた。

「モミの木の蜂蜜って、花の蜜じゃないんですよね」

「ええ、あれは樹液を昆虫が集めて、その昆虫が出す甘露を蜜蜂が集めたものです。気候も違うから、カガミノではちょっと手に入らない蜂蜜ですね」

「残念だったな、まゆ」

月花が言った。珍しいモミの木の蜂蜜を食べたかったのにと、まゆの顔に書いてある。

「月花も、残念だったね」

まゆも言い返す。

「馬車で通ってきた道の両側にたくさんあったのは菩提樹だった。昔はきっと、菩提樹の蜂蜜がたくさん採れたのに」

菩提樹は月花が好む蜂蜜だ。採蜜するという意味ではなくて、純粋に味わうという意味で。金のマスターの守り蜂である月花は普通の蜜蜂のように花々を飛びまわり蜜を集めることはない。

「まったくだ。養蜂に禁止令を出すなんて、とんでもない領主だよな」

「モミの木と菩提樹と、後は、どんな蜂蜜が採れたのかな。チューリップと……」

「言っておくが、チューリップの蜂蜜ってものはないからな」

月花の言葉に、まゆは目をぱちくりとさせた。

「そう言われれば……なんで？」

「蜜蜂には赤い色が見えないからな。ああ、俺は見えるけど」

「でも、他の色もあるでしょう。なんで？」

「さあ、花の構造がどうとか？　俺は興味ないけど、仙道なら知っているだろ」

「もちろん知っていますよ」

教えてあげましょうか？

言葉に出さず眼差しで問いかければ、まゆはぶんぶんと首を振った。

「自分で調べます。せっかく、お城に図書室があるんだし」

「そのお城は、まだまだ先だぞ。日が暮れる前に着けるかな」

「まだ、そんなに遅い時間じゃないですよ」

懐中時計を確かめるまでもなく、仙道は言った。確かに深い森の中に続く道は薄暗く、日暮れが近いと錯覚させる。少しでも道を外れたら、重なる緑に飲み込まれてしまいそうだった。かつては、命を落とした旅人もいるのだろう。

それでも森の空気は澄んでいて、木々ならではの力強く清々《すがすが》しい香に満ちている。鳥の囀《さえず》りも普段は耳にすることのない響きで、仙道とまゆの耳を楽しませた。時おりトランクを置いてそこに腰を下ろして休憩を取りながら、まゆは最後まで弱音を吐かずに歩きとおした。

「ああ、まゆ、ちょっと待ってください」

前方に石造りの建物が見えて来たところで、仙道はまゆを呼び止めた。城と呼ばれてはいるが城塞ではなく、どちらかといえば小ぢんまりとした三階建ての館だが、黒褐色の石造りの為か、重々しく威圧感がある。

「お師匠、どうかしましたか？」

それには答えず、仙道は月花に言った。

「城で、私が良いと言うまでお前は擬態していてください」

「何か気にかかるのか？」

「ええ、とても。だからお前は擬態して、他の者に気づかれぬように、まゆを守ってください」

「了解」

まゆは仙道と守り蜂のやりとりに首を傾げた。

「擬態って？」

「死んだふりと言うか、物のふりをするんです。ああ、心配しないでください。半覚醒状態で、月花はちっとも苦しくないんですから。周囲の音や声は聞こえますし、ただじっと動かずにいて、知らない人が見ると単なる金細工に見えるという技です」

仙道が差し出した手に舞い降りた次の瞬間、月花はコロリと転がった。仙道は動かなくなった月花を指先で摘みあげると、少し考えてからまゆが髪に結んでいるリボンに静かに押し当てた。月花の細い脚が布地に絡んで、リボンに金色のブローチを留めているように見える。

「月花と私は、ある程度離れていても意識を飛ばしあうことができます。だからこの城で私と離れても、月花がいればあなたの動向は私に伝わります」

「でも、どうしてですか？」

首を傾げるまゆは本当に不穏な空気は何も感じていないようだった。濃密な森の気配も古城に漂う何らかの力も、彼女は危険なものとは感じていない。それならば少なくとも、仙道が先ほどから感じている得体の知れない強大な力は、まゆに害をなすものではないのだ。

「ちょっとした保険です」

仙道は、ぽんとまゆの背を押した。

「行きましょう。ほら、お迎えが来たようですよ」

威風堂々とした紋章が彫り込まれた扉が重々しい響きとともに内から開かれた。

現れたのは壮年の男だった。執事のお仕着せに身を包んでいるが、それはカスミの屋敷で見たよりもそうとうに時代がかったものだった。まるで、この城では百年も前に時が止まったようだった。

「ようこそ、いらっしゃいました。私は城を預かる執事のアルビノーニと申します」

執事は慇懃《いんぎん》に頭を下げた。

二章　図書室の魔女

広い玄関ホールに三人分の靴音が響いた。入ってすぐの場所には、そこだけ後から造りつけられたことが明らかな受付があり、入館料や見学案内の記載があった。城は現在でも公開されている様子で、数えるほどではあったが明らかな観光客の姿もあった。写真を撮りあったり解説文を熱心に読む観光客に、執事はほとんど関心を払わなかった。

先に立って案内する執事に遅れぬように、仙道とまゆは後をついて行った。一般公開されている区画を通り過ぎて奥へと進む。

やがて通されたのは広い食堂だった。一度に二十人ほどが座れる長いテーブルの一角に、執事は仙道とまゆを案内した。すぐにメイドがお茶を運んでくる。色と香りからだけでも極上の茶葉を完璧なタイミングで入れたものだとわかるが、ここでも蜂蜜は添えられていなかった。

「改めまして、ようこそいらっしゃいました。私は執事のアルビノーニと申します」

「利き蜜師協会から派遣された仙道です」

「そちらは?」

アルビノーニの灰色の目がジロリとまゆに注がれた。

「弟子のまゆです。協会から同行の申し出をし、承諾の返事をいただいていますが」

「ああ、失礼を。金のマスターの弟子ともあれば、もっと年長の方かと思っておりましたので」

仙道はアルビノーニの言葉に、わずかに引っかかるものを感じた。まゆを幼少者として侮《あなど》っている響きではない。彼女がもう少し年長でないことを残念がっているのだ。

「まあ、よろしいでしょう。たまには毛色の変わった相手の方が、御主人様の気晴らしになるかもしれません」

「ブランケンハイム伯にはお目にかかれないのですか?」

仙道は、アルビノーニの失礼な言葉をサラリと流した。

「御主人様はお体が弱く、ただいまはお部屋でお休みになっています。夕食の席でご挨拶なさりたいと。当主代理としてご挨拶差し上げるべき先代は、あいにく所用で出ておりますので、仙道様のお相手は私がつとめさせていただきます」

利き蜜師ごときの相手は執事の自分で充分だと言わんばかりの態度だったが、仙道は特に気にせずトランクから書類を取り出した。月花に擬態させておいて良かったと内心では思いながら。

「では、本題に入らせていただきましょう。こちらでお預かりいただいている蔵書を、二月以内に全て引き取れと、急な話で当惑しています」

「よんどころない事情がありまして」

「差し支えなければ、その事情を教えていただきたい」

「この城は二ヶ月後に取り壊されるからです」

アルビノーニの言葉に、沈黙が落ちた。それは仙道の想像を超えた言葉だった。隣で紅茶を飲んでいたまゆも、ビックリして目を大きくしている。

「取り壊されると言いますと？」

「言葉の通りです。城も庭園も全てが取り壊されるのです。今月末をもって城の一般公開は終了します」

アルビノーニは淡々と続けた。

「この城は古く、かねてより倒壊の危険を指摘されてきました。取り返しのつかない事故が起きる前に城を取り壊すと、御主人様がお決めになりました。大変残念なことでありますが、形あるものはいずれ滅びます。蔵書をお返しする事情をご理解ください」

仙道は深く息を吸い込んだ。確かに歴史ある城だが、数十年以内にどうこうなるようにはとても見えない。だが仙道を追い返すためだけに古城を取り壊すと言い張っているようでもなかった。事実、観光名所であった城と庭園から外部の者を排除しようとしているのだ。

「わかりました。そういう事情ならば、これ以上の無理は言えません」

「ご理解いただければ幸いです」

「それでは城にしばらくの滞在をお願いしたい。蔵書を引き取るにあたって目録を作成せねばなりません」

「お預かりした目録も併せてお返ししますが？」

「我々としても全ての蔵書を引き取ることが難しい状況です。蔵書を整理する為に、猶予をいただきたいのです」

相手に歓迎されていないことを承知の上で、仙道は粘った。

「十日から二週間ほど。私たちの滞在にかかる経費は、後ほど協会宛に請求書を送っていただければ」

アルビノーニは口元に手をあてて、しばし考え込んだ。仙道と隣に大人しく座っているまゆに交互に目をやって、やがてアルビノーニはゆっくりとうなずいた。

「よろしいでしょう。どうぞ、必要なだけご滞在ください」

家政の全てを任されている様子で、アルビノーニは続けた。

「そもそもは当家の事情でご足労いただいたのですから、正式なお客様として歓迎させていただきます。何か足りない物がありましたら書き出していただければ、出入りの者に準備させましょう」

「ありがとうございます」

「では、さっそく図書室にご案内しましょう。そちらの、小さなお弟子さんは、どうなさいますか？」

まゆが図書室を見たくてそわそわしているのが伝わってきたが、仙道はあえて言った。

「よろしければ、彼女はブランケンハイム伯のご様子を見に行かせたいのです」

「御主人様は……」

「まゆは薬師《くすし》としても優れた腕を持っています。ブランケンハイム伯の気分が良くなるような蜂蜜水を調合できると思います」

仙道は涼しい顔で言ってのけた。賢明なる弟子は沈黙を守っている。またもアルビノーニは考え込んだ。彼の背を押したのは、ちょうど現れたメイドの言葉だった。

「シェーラ様がお目覚めになり、蜂蜜水をご所望です」

「そうですか」

アルビノーニはチラリとまゆに目をやった。

「では、あなたにお願いしましょう」

「はい！」

まゆは元気良く答えて椅子から飛び降りた。アルビノーニは豪華なキャビネットからガラスの罎《びん》を取り出してテーブルに置いた。

「こちらをお使いください。御主人様のお好きなソバの蜂蜜です。空輸で取り寄せる高価な物で……」

「これは必要ありません」

仙道は穏やかながら断固とした仕草で、まゆに渡されようとした蜂蜜の罎を遮った。

「何をなさいますか！」

「ブランケンハイム伯には、まゆが最高の蜂蜜水をお作りします」

「それは、御主人様お気に入りの蜂蜜で」

「まゆ、行きなさい。これは、あなたが使う価値のある蜂蜜ではありません」

まゆは小さくうなずいて、自分のトランクを取りに行った。

「荷物は部屋に運ばせますよ」

まゆに対してはいくらか口調をやわらげて、アルビノーニが言った。

「もとより今宵《こよい》はお泊まりになると思い、部屋は用意させてあります」

「いえ、蜂蜜を」

まゆはトランクを開けて中から木箱を取り出した。ワインの壜ほどの横長の箱だ。けっこうな重さの正体でもある。

「それは？」

「蜂蜜です。少しずつですけど、この中に二十四種類の蜜が入っているんです。伯爵様に一番お好きな物を選んでいただきたくて。調合が決まったら、必要な蜂蜜を取り寄せていただくことになります」

「そんなに手間のかかることを？」

アルビノーニは呆気《あっけ》にとられたようだった。不思議と、人間臭い表情が生まれる。

「はい。でも、一番大事な、わくわくするところですから」

メイドに案内されてまゆが出て行くと、アルビノーニは首を振った。

「たかが蜂蜜と思う私は、少数派なのでしょうね」

「人にはそれぞれ、相応《ふさわ》しい蜂蜜があるのです。相応しくブレンドされた蜂蜜は、人の心や体を健やかにします。でも難しく考えることはありません。その為に利き蜜師がいるのですから」

仙道はアルビノーニがまゆに渡そうとした蜂蜜の壜に目をやった。

「これを、どこから入手しましたか？」

「定期的に納めさせているものです」

アルビノーニが口にしたのは、業界でも最大手の商会だ。

「金のマスター印の最高級品だと言われて」

「残念ですが、これは紛《まが》い物です」

「蓋《ふた》を開けもしないで、そんなことがわかりますか？」

「色を見ただけでわかります」

仙道ははっきり言った。

「不自然な着色がされています。かなりの量の着色料、それも化学的な物が使われているのでしょう。恐らく香料もふんだんに混ぜ込まれている。味もそうですが、とても体に良いものとは思われません」

「私はとんでもないものを御主人様に差し上げていたのですね。お体にさわるようなことはないのでしょうか」

アルビノーニは目に見えて動揺した。

「実のところ、私には蜂蜜の味が良くわからないのです。だから業者の言うがままに購入しておりました」

「この件は、利き蜜師協会が適正に対応します。この蜂蜜は預からせていただきます」

蜂蜜の壜を取り上げてから、仙道は口調をやわらげた。

「紛い物とはいえ、それなりに流通している商品です。ブランケンハイム伯に深刻な影響を与えるとは考えられません。このことを、あまり気に病まないでください」

「ですが……」

「まゆが、相応しい蜂蜜水を調合します。すぐにお元気になられますよ」

人たらしとまで言わせる仙道の笑顔は、慇懃無礼な執事にも効き目をもたらした。アルビノーニは微かに顔をほころばせた。

「そうであれば、よろしいのですが」


銀のワゴンを押して歩くメイドの後に続きながら、まゆは磨き上げられた床に響く足音に息を潜めた。森はあんなにも清々しかったのに、城内の空気は重苦しく冷たい。

高い窓の多くにカーテンが引かれているせいかもしれないし、執事やメイドたちが時代がかったお仕着せに身を包んでいるからかもしれない。堅苦しくて、よそよそしく、大きな声や笑い声は憚《はばか》られる雰囲気だ。

劇場のように幅の広い階段をあがって、当主の居室は二階にあった。メイドがドアを叩くと、やわらかな声が入室を促した。ワゴンを押して入るメイドの後ろから、まゆはおずおずと部屋に足を踏み入れた。

その部屋もカーテンが引かれ、空気はひんやりとしていた。高い天井、天蓋《てんがい》付きの寝台、繊細な彫刻が施されたキャビネット、色ガラスをはめ込んだランプ。どれ一つをとっても、時の流れを感じさせる物だった。優美で高雅ではあるものの、派手な感じはしない。調和が取れて落ちついた部屋だった。枕元には青いガラスの花瓶があり、そこにはピンクのチューリップが飾られていた。

体調が優れず臥《ふ》せっていたという女当主は天蓋付きの寝台に身を起こしていた。

「金のマスターのお弟子をお連れしました。蜂蜜水の調合をしたいと」

メイドに促され、まゆは進み出た。

「はじめまして、ブランケンハイム伯爵様。マユラ・アーベラインです」

左足を引いて腰を落とす。社交界を愛する母に教え込まれた挨拶だ。村の生活では無縁の動作だが、幼い頃に叩き込まれたことは体が覚えているらしい。

「とても優美ね」

女当主は優しく微笑《ほほえ》んだ。汽車の食堂で働いていたエトナは、村の娘たちが城に手伝いにあがってもすぐに解雇されてしまうから当主は気難しく厳しい方だろうと言ったけれど、まるで違う印象だった。

「でも、伯爵様はやめてちょうだい。そう呼ばれるのはあまり好きではないの」

「では、何とお呼びすれば？」

「どうぞ、シェーラと呼んでちょうだい。城の者も、そう呼ぶわ。厳格な執事を除いてね」

「はい、シェーラ様」

さすがに呼び捨てにはできない。

「もっとこっちに来て、良く顔を見せてちょうだい」

白い手に招かれて、まゆは寝台のすぐ傍に行った。二十二歳になるという当主は、息を飲むほどに美しい人だった。艶やかな黒髪と雪のように白い肌、エメラルドの瞳。カーテンを引いた部屋でも、彼女は光に包まれているように見えた。

「まあ、とてもお若いのね」

声は音楽のように耳に心地よい。まゆはシェーラの美しさにうっとりとして、同時にその華奢《きゃしゃ》すぎる体つきや顔色の悪さに悲しくなった。初対面の子どもを心配させてはいけないと笑顔を浮かべてはいるけれど、この人は今もあまり具合が良くないのだ。

「蜂蜜水を作ってくださるの？」

「はい。テーブルをお借りします」

まゆはシェーラに断ってティーテーブルに持って来た木箱を置いた。

「それと、カーテンを開けても構いませんか？　光がないと蜂蜜の色味を確かめられません」

「シェーラ様は、お加減が良くないのです。陽の光は体に毒です」

メイドは咎めるが、シェーラは彼女を止めた。

「そうね。確かにこの部屋は少し暗いわ。メアリ、カーテンを開けてちょうだい。それとテラスの窓も開けてちょうだい」

「今日は風が冷たいのでは？」

「少し風を感じたいの」

「わかりました」

カーテンが開けられると、午後のやわらかな光が入り込み、それだけで部屋の空気はふんわりとやわらかくなった。すうっと、流れ込む風が緑の香を運んでくる。まゆは木箱の蓋をあけた。

「それは、なあに？」

「蜂蜜が二十四種類、小壜に入っているんです」

一つ一つの壜はまゆの小指ほどの大きさしかない。それがずらりと並んだ様子は箱入り絵の具のようだった。ほとんど透明に近い淡い黄色から、褐色のものまで並んだ壜の中から、まゆは一本を抜き出してシェーラに渡した。その時、触れた指先があまりにも冷たくてドキンとした。

シェーラは小壜を目の高さに掲げて光にかざしてみた。

「綺麗ね」

「はい。それは南山麓地方で採れた菩提樹の蜂蜜です」

本当は片端から全て味を見てもらい気に入ったものを選んで欲しいのだが、シェーラの体に負担になってもいけない。まゆは並んだ壜から数本を選び出した。ガラスの棒を同じ本数だけ用意しながら、まゆは言った。

「私たちは小指の先にちょっとだけ垂らしてなめるんですよ」

「あら、その方が美味しそうね。メアリ、お湯を持ってきてちょうだい」

メアリが湯の入った水差しと清潔なタオルを持って来ると、シェーラは指先を清めた。まゆは彫刻のように形の整った指先に、ほんの一たらし蜂蜜をのせた。お行儀が悪いとメアリが眉をひそめるのに構わず、シェーラは蜂蜜を口に運んだ。

幾つかの小壜の中味を味わってから、シェーラは一つを選んだ。

「私はこれが好き」

「冷たいお水をいただけますか？　できれば氷が入ったものを」

まゆはメアリに頼んだ。シェーラは小さく首を傾げた。

「アルビノーニが用意する蜂蜜水はいつもお湯で割ってあるのよ。冷たい飲み物は体を冷やすから良くないって言うの。熱くてすぐには飲めないくらい」

「体を温めるのは大切なことですけど、すっきりと飲める方が大事な時もあります。シェーラ様が選んだ蜂蜜は少し癖があるから冷たい方が絶対美味しいです。お庭にレモンバームかミントがあれば、摘みたてのものを浮かべても、また違った味が楽しめます」

そもそも蜂蜜を熱すぎる湯で割ってはいけないのだ。栄養も風味も香りも台無しになってしまう。あの偉そうな執事は、なんにもわかっていない。

冷たい水に少しずつ蜂蜜を溶かし込む。シェーラが選んだ物をベースにして、後二つの蜂蜜もほんの少し混ぜた。全体が均一になるようにするのは、意外に難しいものだが、満足のゆく一杯ができあがった。

「どうぞ」

まゆは蜂蜜水のグラスをシェーラに渡した。一口飲んだシェーラが優しく微笑む。

「美味しいわ、とっても」

シェーラがゆっくりと蜂蜜水を飲んでいる間に、まゆは蜂蜜の壜をしまい使った道具を丁寧に清めた。

「ごちそうさま。本当に美味しかったわ。なんだか元気が出たみたい」

それほど即効性はない筈なのだが、確かに心なしか顔色も良くなったようだ。シェーラは寝台から降り立った。

「さあ、それじゃあ、あなたのお部屋を見に行きましょうか。メアリ、お部屋はどちらに？」

「利き蜜師様には琥珀《こはく》の間を、お弟子様にはその隣の真珠の間をご用意するように、アルビノーニ様が」

「琥珀の間は結構だけど、真珠の間は彼女に相応しくないわ」

「確かに、子どもが使うには高価な置物がありますが」

「そうではなくて……もっと堅苦しくない部屋が良いわ。そうね、花の間にしましょう」

メアリが差し出したガウンを羽織ったシェーラが先に立って部屋を出る。

「明日には帰ってしまうの？　お客様なんて久しぶり、色々と話を聞きたいのだけど」

「十日ほどお世話になることになりました。執事の方が……」

まゆは、そこで言葉を切った。確かにアルビノーニから滞在の許可は得たが、それは執事である彼の一存だ。当主の知らぬうちに、勝手に決めてしまって良かったのだろうか。

「あら、そうなの？」

だがシェーラには少しもこだわりがないようだった。ぱっと顔を輝かせて、彼女は続けた。

「それは嬉しいわ。お仕事の合間で良いから、時々、私の相手もしてね」

まゆが案内されたのは、シェーラの居室から三つほど離れた部屋だった。

「どうぞ、あなたが泊まるお部屋よ」

シェーラに促されて、まゆは扉を開けた。

決して大きな部屋ではない。家具も繊細な細工が施された物ではなく、木のぬくもりを残す素朴なものだ。角部屋のためか窓が二箇所にあって部屋は明るい。天蓋のない小さめの寝台には手の込んだパッチワークのカバーがかけてあった。

「素敵」

まゆは大きく息を吸った。

「気に入ってもらえたかしら」

「はい、とっても」

「良かった。こちらに来て」

シェーラに誘われて、まゆは大きな窓の傍らまで行った。見下ろす先には見事な庭園が広がっている。幾何学模様が描かれた人工の庭でありながら、作られたような冷たさやぎこちなさは少しも感じられなかった。色とりどりの花が咲き誇り、何よりもその広さに、まゆは息を飲んだ。

「これがベルジュ城の宝、チューリップの庭園よ」

庭園は城の裏手に広がっていたので、正面側から歩いてきた時は気づかなかったのだ。見下ろす庭園には観光客の姿がチラホラと見える。こんなに見事な庭園なのに、二月《ふたつき》足らずで壊されてしまうのだ。それがシェーラの指示だと言う。

戸惑うまゆに、シェーラは優しく微笑みかけた。

「城の中を案内するわ。その前にお互いに着替えた方が良さそうね」

シェーラは夜着にガウン姿だし、まゆは旅装のままだ。

「私が子どもの頃に着ていた服を着てちょうだい。ああ、心配しないで。汚しても破いても良いような気楽な服を用意させるから」

「ありがとうございます」

「では、玄関ホールでね」

そう言ってシェーラは出て行った。あらかじめ命じられていたのか、入れ替わるように数枚の服を抱えたメアリが入ってくる。厳格なお目付け役といった第一印象だったが、まゆはどうやら彼女の信頼を勝ち得たようだ。

「あんなに楽しそうなシェーラ様は久しぶりに見るわ。私は、あなたたちを歓迎しますよ」

メアリが寝台に並べてくれた三枚のドレスから、まゆは青い小花模様の一枚を選んだ。丈は長めだがコットンで作られたドレスは軽くて動きやすそうだ。

「お元気な頃は、シェーラ様は自らチューリップのお手入れをなさっていましたからね」

メアリはドレスをすっぽり覆うエプロンも持ってきてくれた。

「庭に出るなら、差し掛け部屋に長靴もありますよ」

メアリは、まゆが選ばなかった二枚を衣装ダンスにつるしてくれた。その間に、まゆは急いで着替えた。シェーラが城内を案内してくれると言うのだから、とりあえずエプロンはせずに軽く畳んで寝台に置いておく。

「あの、お師匠はどこにいますか？」

「まだ先ほどの食堂でアルビノーニと打ち合わせをしていると思います」

「ありがとうございます」

食堂では仙道とアルビノーニがテーブルに並べた書類を挟んで話し込んでいた。顔をあげた仙道が、おやと首を傾げる。

「その服は？」

「シェーラ様が貸してくれました」

シェーラ様という呼び方にアルビノーニが何か言いたそうにまゆを見たが、咎められることはなかった。

「まゆ、ブランケンハイム伯は、どんなお方でした？」

「とっても綺麗な方でした」

仙道の問いかけに、まゆは力を込めて答えた。上手く伝わったかなと不安に思ったが、仙道は満足そうに微笑んだ。

「そうですか。それは良かった」

「これがレシピです」

まゆはシェーラの為に調合した蜂蜜水の配合をメモした紙を仙道に渡した。まだ見習いの身だから仙道に確認してもらって、改善すべき点を教えてもらうのだ。急いで書きつけたら踊るような文字になってしまったメモを、仙道は丁寧に折りたたんで胸ポケットに入れた。

「後で確認しますよ。私はまだ少し執事殿と話がありますが、あなたはどうしますか？」

「シェーラ様が城を案内してくださると。あ、もう行かないと」

まゆは二人にぺこんと頭を下げて踵《きびす》を返した。駆け出したとたん、城内を走り回るのはお控えくださいとアルビノーニの声が背後から飛んできて、まゆは思わず首をすくめた。

玄関ホールには、シェーラの声が歌のように響いた。

「この城は今からおよそ二百二十年前に建てられたの。この地方を治めていたベルジュ侯爵が、異国から迎えた若い妻シーリーンの為に建てさせた物。花嫁はまだ十六歳で海を渡ってきたのよ」

「十六歳？」

「ほんの子どもよね。買われるようにして嫁いだそうよ。それでもベルジュ侯爵は彼女をとても愛していて、シーリーンの生まれ故郷の花でこの地を埋め尽くそうとしたの。それが城のチューリップ庭園のはじまりよ。侯爵は城だけでなく城下の村までにもチューリップを栽培させたから、昔から続いていた養蜂業は廃《すた》れてしまったわ。それでも当時、チューリップは王侯貴族に愛されて高値がついたから村は潤って、侯爵は村人と良い関係を築いていたの」

一枚の肖像画の前でシェーラは立ち止まった。

「この人がベルジュ侯爵の妻、シーリーンよ」

褐色の肌に黒い髪、青い瞳をした少女は、豪奢《ごうしゃ》なドレスに身を包み、両腕に赤いチューリップの花束を抱いていた。華やかな構図なのに、彼女はどこか淋しそうな笑顔を浮かべていた。十六歳という年齢より幼く儚《はかな》げな少女の斜め後ろには、厳しい顔だちの老女が控えていた。

「一緒に描かれているのは、彼女のお母さんですか？」

まるでシーリーンを守るのは自分しかいないというように、老女はこちらを睨みつけてくる。

「彼女はシーリーンの乳母よ。フレイヤという名で、彼女は魔女だったと聞くわ」

「魔女？」

驚いて聞き返すまゆに、シェーラは静かに答えた。

「二百年以上も昔には、まだそう呼ばれる者が存在していたのよ。汽車で樹氷の渓谷を抜けて来たでしょう？　あそこはかつて、魔女の住む谷と呼ばれていたの」

「シーリーンはシェーラ様のご先祖なんですね。シェーラ様はシーリーンの孫の孫くらい、ですか？」

「そうではないのよ」

ふっとシェーラは目を伏せた。

「ベルジュ城は一度、主を失っているの。ひと時ここは無人のまま捨て置かれた城で、それを私の祖父が買い取ったの。両親は早くに亡くなったから、私が祖父の後を継いだのだけど、まだ二代目の城主ね。アルビノーニの方がずっと長く、ここにいるのよ」

「執事さんが？」

「ええ。彼はフレイヤの孫を名乗っているわ。本当のことは誰にもわからないのだけど、城が主を失った間も、彼は時折ここを訪れて最低限の手入れを続けていたそうよ。それで、そのまま今も」

話題の主が姿を現したのはその時だった。仙道の姿もある。

「御主人様」

滑るようにやって来たアルビノーニはシェーラを咎めた。

「お休みになっていなければお体にさわります」

「私を病人に仕立てたいのは、あなただけよ。アルビノーニ」

シェーラはツンと顎《あご》をそびやかした。

「どこも悪くないのに、あなたの御主人様呼ばわりを耳にすると頭痛がしてくるわ」

アルビノーニは黙って頭を下げた。彼が一歩退くとシェーラは仙道に目を移した。

「ようこそ、ベルジュ城に」

仙道は、シェーラが差し出す手を取り軽く口づけた。

「お会いできて光栄です。利き蜜師協会から派遣された仙道と申します」

「図書室に行くのでしょう？　ご一緒しましょう」

シェーラは、まゆを手招きして先に立って歩き出した。姉妹のように楽しそうに話す二人の少し後をアルビノーニと仙道はついて行く。


階段を上った場所はホールになっていた。シェーラの居室の反対側には、他の部屋とは明らかに違う巨大な扉があった。一面に葡萄《ぶどう》の蔓《つる》が彫り上げられた木製の大きな扉だ。真鍮《しんちゅう》製のノブは鳥の意匠をしている。

シェーラがノブに手をかけて静かに引くと、重々しく見える扉は、まゆが想像したよりもはるかに滑らかに動いた。すっと、乾いた冷たい空気が流れ出してくる。どこか懐かしい、ほっとするような匂いがする。古い書物の香りだ。

部屋は暗かった。

「古い本が多いから、普段は灯りを抑えてあるの。今、カーテンを開けさせるから待ってね」

薄闇をものともせずにアルビノーニがキビキビとした足取りで部屋に入っていく。何らかの仕掛けがしてあるようで、彼がいくつかの操作をするとカーテンが順番にするすると開いていく。午後の光が順に差し込んで、部屋はだんだんと明るくなっていった。

アルビノーニが全てのカーテンを開けて戻って来るまで、まゆも仙道も動けなかった。

「これは……」

滅多なことでは驚かない仙道の表情にも、感嘆の色がある。

「これがベルジュ城の至宝である図書室よ」

シェーラの声には誇らしげな響きがあった。

それはとても、部屋という表現には当てはまらない空間だった。まゆが暮らしていた大都会ハオプトシュタットの中央駅のホールよりも広く感じられる。実際にはそこまで大きくない筈なのだが、天井が高いからかもしれない。

「城は三階建てだけど、図書室の部分は三階まで吹き抜けになっているのよ。だから天井は倍の高さがあるの」

それだけではない。城の二階部分は、シェーラの居室と幾つかの客室を除いた、ほとんど全ての空間を図書室がしめているのだ。

その部屋に櫛《くし》の歯状に書棚が並んでいた。高い天井に向けて伸びる書棚には梯子《はしご》がついていた。向かい合わせにされた書棚は、いったい幾つあるのだろう。ずっと先の方まで続いている。

書棚にはぎっしりと、本が詰め込まれていた。磨き込まれた床、濃い琥珀色に輝きを放つ背の高い書棚。あちこちに置かれた大理石の胸像。書棚の側面に彫り込まれたギリシア文字、彫刻を施された無数の燭台。

とても静かで澄んだ空間は、大きな声を出すこともはばかられるようで、まゆは小声で聞いた。

「何冊くらいあるんですか?」

「二十万冊と言われているわ。古書が中心で、中世の写本もあるのよ」

シェーラはまゆを書見台に招いた。まゆが両手でも持てないような大きな本が開いた状態で書見台に載せられていた。まゆは伸び上がって本のページを見た。

まゆには読めない古い文字だ。並んだ文字を取り巻いているのは、ひなぎくと鳥が巧みに組み合わされた模様だった。セピア色を中心に、抑えた色使いだったが、所々に宝石のように輝く、瑠璃《るり》色が使われている。

それを見た時、まゆの頭には仙道に渡された本が浮かんだ。あれは現代の言葉で書かれていた新しい本だけど、作った人が、こうした美しさを求めていたのだと伝わってきたのだ。時を経てもあせることのない輝き。派手ではないけれど、見る者に消せない印象を残す。

「ベルジュ城の図書室には、世界中の英知が結集しているのです」

アルビノーニが胸を張った。

「ここは一般公開されていないんですか？」

城そのものも、チューリップの庭園も見事だけど、何よりも素晴らしい場所はこの図書室だ。でもまゆが読んだ観光案内書に図書室の記述はなかった。

「ええ。この部屋に入ることができるのは、当主が許した者だけ。閉ざされるべき部屋だから」

「どうしてですか？」

シェーラは静かに答えた。

「棺《ひつぎ》だからよ」

「え？」

「この部屋は、ベルジュ城の過去の住人が安らぐ場所だから」

「ここも侯爵がシーリーンの為に作ったんですか？」

「そうよ。それから彼女の乳母フレイヤの為に」

ふいに、シェーラの瞳に不思議な光が宿った。

「彼女は魔女だったの……魔女がどこに住んでいるのか、知っていますか？」

誘うような口ぶりに、まゆは応えた。

「暗い森の奥？　荒れ果てた古城？　それとも近づく者もない底なし沼のほとり？　いいえ。魔女は本当は、人間と同じ所に住んでいるのです」

幾度となく読んだ文章は、すらすらと口をついてくる。シェーラは微笑んだ。

「その物語は、祖父がこの図書室を舞台にして書いたのよ」

「おじいさま？　この城を蘇らせた、先代のブランケンハイム伯爵様ですね」

「そうよ」

「御主人様」

アルビノーニが割り込んだ。

「利き蜜師は仕事で来ているのです。サフィール学園の蔵書にご案内しなければ」

「ああ、そうね。ごめんなさい。サフィール学園の蔵書は、こちらの一角に」

歩き出そうとした時、まゆは何かに引きとめられた。強い視線があった。向かい合わせになった書棚の奥。

「あっ」

まゆは息を飲んだ。暗がりから彼女を見つめる男がいたのだ。思わず後ずさる彼女を、シェーラの落ちついた声が押し止めた。

「肖像画よ」

その声に、まゆはもう一度その男を見つめた。すると、それは確かに一枚の肖像画だった。まだ若い男。

「これが、絵？」

ほんの一瞬だったけれど、それが鏡で、映っているのは自分の顔であると錯覚してしまう。それ程に、その肖像画は生きていたのだ。

「どうしたの？　肖像画なんて、城のあちこちにあるのに」

シェーラが微かに笑ったようだった。まゆは自分の背丈ほどもある、その絵を真剣に見つめた。シェーラが言うように、それは単なる肖像画で、とりたてて上手い物ではなかった。全体の陰影、人物の肉感、服のしわ、小道具の描き方、どれも目を引くものではない。では何が、この絵に力を与えているのだろう。

それは目だった。琥珀にも似た光をたたえる瞳に、溢れる意志。

いったい何故この絵の作者は、その眼差《まなざ》しだけを、こんなにも見事に描き出すことができたのだろう。まるで、魂が宿っているかのように。

男の眼差しを捕らえたまま、まゆは聞いた。

「この人は、誰ですか？」

「レオンハルト・フォン・ゲンスフライシュ。シーリーンの息子よ」

絵につけられた銀色のプレートを見ることなく、シェーラは答えた。まゆは、近寄って行って銀色のプレートにそっと触れた。生没年が記されているが、没年の方には不確かなものであると印がついている。まゆが不思議に思ってそれを見ていると、シェーラが言った。

「彼はその年以来、行方不明なの」

「行方不明？」

「ええ。レオンハルトは、その生没年で言うと……二十四歳ね。二十四歳の時、失踪したの。シーリーンもベルジュ侯爵も先に亡くなっていたから、この城は無人になったというわけ」

「どうして、失踪したんですか？」

「それは……」

シェーラが口ごもる。身を乗り出すまゆの肩に仙道の手が置かれた。

「失礼ですよ、まゆ」

「ごめんなさい」

「いいのよ。ただ、子どもに聞かせるに相応しい話ではないかもしれないわね。後で、あなたの師匠にお話ししましょう。彼があなたに聞かせても良いと思えば、教えてくれるでしょうから」

シェーラは肖像画から目をそらせた。

「さあ、今度こそサフィール学園の蔵書を見に行きましょう。この調子ではたどり着く前に日が暮れてしまうわ」

三章　夜の会遇

夜の図書室は、深い水底に似ていた。厚いカーテンは開け放たれ、月の光がユラユラと差し込んでいる。陽の中では感じとれなかった人の気配のようなものが、そこここに揺らいでいる。

冷ややかな水底をアルビノーニは愛していた。ここは、どこよりも彼の心を安らがせる場所だ。だが今宵、チェス盤に向かう彼の心はさまよっていた。城を訪れた利き蜜師と、その幼い弟子のせいだ。

アルビノーニは、青白い月光のせいか奇妙に石像めいた印象を与える右手を静かに上げた。象牙《ぞうげ》細工の白い駒を静かに動かし、悠然と微笑む。

「後、三手で決まりですね」

チェス盤を間にして彼が向かい合っているのは、レオンハルトの肖像画だった。しかし、彼は決して一人遊びをしているのではなかった。アルビノーニの言葉に答えるように、赤のナイトが微かに身震いをした。そして次の瞬間には、それは糸で操られているかのようにチェス盤から浮き上がり、するすると移動して再び着地したのだ。

盤を見て、アルビノーニが微笑んだ。

「なるほど、そう来ましたか。レオン様」

彼は肖像画の男に向かって微笑んだ。

「なかなか老練な手をお覚えになったものだ」

「時間だけはあるからな」

誰もいない筈のその部屋に答える声があった。絵の中の男が答えたのだ。描かれた唇はみじんも動かなかったが、もしもその場に人がいたならば、その声が肖像画の男のものであると確信しただろう。

「トンプソン卿の著書を読破したのだ。お前も以前あれを読んで強くなったと言っていたからな、アルビノーニ」

笑いを含んだ声で、レオンハルトは言った。

「まだまだ勝負はここからだぞ」

それからしばらくして、肩をすくめて降参を表したのはアルビノーニの方だった。

「レオン様もお強くなられたものだ。この私が、あの局面からひっくり返されるとは」

「今宵のお前は、心そぞろだったからな」

見透かされてアルビノーニは目を伏せた。

「覚悟を決めたと思っていたのですが、未練が生まれてしまいました」

胸のうちを正直に告げる。彼にとって、永遠の唯一の主君に向かって。

失踪されたと伝えられるレオンハルト・フォン・ゲンスフライシュは、ここにいる。先代のブランケンハイム伯爵が書き記した物語は単なる作り話ではなく、この城で本当にあったことなのだ。レオンハルトは、魔女の呪いによって肖像画に封じ込められた。

呪いを受けた青年が運命の娘と出会い、愛の力で解放される。そんな幸福な結末は、老ブランケンハイムの見た夢だ。現実は残酷だ。二百年の時が過ぎようとしているが、レオンハルトは肖像画の中に捕らわれたままだ。年を取ることも死を迎えることもなく。

アルビノーニもまた、主君に従うように時を止めた。この城自身もまた。

アルビノーニは村の娘を行儀見習いとして城に召し出し、レオンハルトと引き合わせた。だが出会う者は皆レオンハルトを恐れ、その胸のうちを見ようとはしなかった。誰一人レオンハルトを愛することはなかったし、レオンハルトもまた、誰を愛することもなかった。

アルビノーニは、娘たちの記憶をわずかに改竄《かいざん》して村に送り返した。彼は魔女の末裔《まつえい》ではあったけれど、使える魔力と言えばその程度のものだった。アルビノーニには、レオンハルトを解放する力がないのだ。

そして二百年が過ぎた今、魔女のかけた呪いは終わりの時を迎えていた。一年ほど前から、ごくわずかなものながら城壁の崩落が確認されている。長く抑えられていた傷口から一斉に血が吹き出すように、全てが滅びに向かっているのだ。

チューリップの季節が終わるころには、城は一般から閉鎖される。そして、終焉《しゅうえん》を迎えるのだ。城だけでなく、レオンハルトは肖像画から解き放たれることのないまま死を迎える。アルビノーニも主君に殉じるだろう。それは構わない。自分もレオンハルトも、少しばかり長く生き過ぎた。

ただ呪いの連鎖が、そこで止まらなかったら？　ベルジュ城が滅びる時、当主であるシェーラまでも運命を共にすることになったら？

自分の思いつきに、アルビノーニはぞくりと身を震わせた。暗い考えを振り払わんと、彼は背を伸ばした。

「我々にはまだ、可能性が残されています」

レオンハルトが見つめ続ける人を、アルビノーニは知っている。憧れと、愛おしさ、その人の幸福をただ祈る切ないほどの想いは、どちらかと言えば鈍く無感動な自分にさえ伝わってくるほどなのだ。だが、レオンハルトは首を傾げた。

「利き蜜師の弟子のことか？　あの娘は幼すぎるだろう」

はぐらかす風でもなく、レオンハルトは聞いた。彼が本当に自身の気持ちに気づいていないのか、気づいていても頑として認めないのか、アルビノーニは判断がつかなかった。

レオンハルトは時おり、こんな風に人を拒絶する。踏み込むことを許さない。

アルビノーニは唇を噛んだ。

「利き蜜師の弟子、ですか」

確かに、それも一つの希望ではあった。利き蜜師協会から、調査に訪れる金のマスターが弟子の少女を伴うと聞いて、彼は心を弾ませたのだ。それがレオンハルトにとって運命の娘たりうるのではないかと。繰り返し、裏切られてもなお。

だが現れた少女は、あまりにも幼かった。十三歳と聞いたが、シェーラが同じ年だった頃に比べるといかにも幼い。愚かではなく、未熟なわけでもない。だが、恋のなんたるかを知っているとは思えない。

「あれはほんの子どもだ。我々の運命に巻き込むべきではない」

「それでも……試してみる価値はあるでしょう？」

レオンハルトに縋《すが》るように、アルビノーニは椅子から腰を浮かせた。主が、利き蜜師の弟子にそうした意味での興味を微塵《みじん》も抱いていないことは知れたが、引くわけにはいかない。

「私が呼び寄せます。どうか一目なりと、月の魔力の下であの娘にお会いください」

長い間、図書室には沈黙が落ちた。やがて、深い吐息をついてレオンハルトは答えた。

「お前がそこまで言うのなら、望むようにすれば良い」


ふいに、誰かに呼ばれたような気がして、まゆは寝台から身を起こした。部屋には深々と夜の帳《とばり》が下りている。気のせいだと自分に言い聞かせてみるが、胸騒ぎは消えなかった。

まゆは寝台から降り立った。

窓辺に歩み寄ってカーテンを開けると、青く輝く月が見下ろしていた。

声がどこから聞こえるのか、まゆは迷わなかった。図書室からだ。午後に訪れた時も、あそこでまゆを呼ぶ声がした。レオンハルトの肖像画から聞こえて来た声だ。

夜着の上からガウンを羽織って、まゆは部屋から滑り出た。スリッパを履いていたのだが、パタリパタリと思わぬほどに大きな音が響き、部屋を出た所で脱ぎ捨てた。

まゆは、しんと静まり返った廊下を進むと、シェーラの部屋の向かいにある巨大な扉の前に立った。鳥の形をしたノブに恐る恐る触れると、まるで誘うように扉は軽く動いた。

図書室のカーテンは開かれたままだった。青白い月の光がゆらゆらと注ぎ込む広いホールを、まゆは素足のまま進んだ。はっきりと、呼び声が聞こえた。意識はぼんやりとして、ただその声に呼び寄せられるままに、まゆは進んだ。

後わずかだ。もうほんのすぐ側まで来ている。

手を伸ばせば触れるほど近くに、あの人がいる。

「まゆ！」

強く呼びかけられて、まゆは自分を取り戻した。腕を掴《つか》んだ手に勢い良く引っぱられてバランスを崩す。抱きとめられた先は仙道の腕の中だった。走ってきたのか息を弾ませた仙道が、まゆを見下ろした。

「ああ、間に合いましたね」

「え？　お師匠、なんでここに？」

「それは私の台詞《せりふ》です。まゆ、ここで何をしているんです？」

「私……誰かに呼ばれたような気がして……」

誰かの声を聞いて寝台から降り立ったところまでは、はっきりと覚えている。でもその後のこととなると、記憶が曖昧《あいまい》だった。どうしても、ここに来なくてはならないと思ったのだ。

仙道はまゆを半ば引きずるようにして、レオンハルトの肖像画から遠ざけた。

「月花が知らせてくれなかったら、どうなっていたか」

「月花？」

「言いましたね。月花から離れるなと」

まゆは髪に触れた。寝る前にリボンを解いて椅子の背にかけたのだ。どういう仕組みになっているのか、擬態したままの月花はまゆを追うことができず、仙道に心話を飛ばしたのだ。異変を感じとった仙道が駆けつけて、間一髪まゆを引き止めることができた。

「お師匠は、何かが起こるってわかっていたんですか？」

まゆの問いかけに仙道は小さくうなずいた。

「悪しきものと決めつけることはできないけれど、この城に魔法の力を感じます。図書室には特に強く」

「魔法？」

それは遠い昔に滅びたものだ。ブランケンハイム伯爵の本には魔女が出てきたけれど、あれはお伽噺だ。シェーラは二百二十年前、この城に嫁いできたシーリーンの乳母が魔女だったと教えてくれたけれど、本当のことだとは思わなかった。

「実は、サフィール学園の蔵書にもおかしなことがあるんです」

まゆと仙道は、図書室の奥へと進んだ。広い図書室には出入り口が二箇所あった。まゆが入ってきた巨大な扉が一つの入り口で、もう一つは図書室を奥へと進んだほぼ突き当たりにあった。そちらは人一人がようやく通り抜けられる小さな扉で、普段は鍵がかけられていると聞いた。

仙道はその鍵をシェーラから預かっていて、作業のために自由に図書室に出入りする許可を得ていた。紐に通して胸からかけていた鍵を使って仙道は扉を開けた。

「ここは作業部屋ですね。近年に手を入れたようで電気も通っています」

仙道が壁のスイッチを入れると、まばゆい光が部屋に満ちて夜の幻想を遠ざけた。それほど広い部屋ではないが作業用のテーブルがあり、そこに沢山の本が積んであった。側には目録が広げられ、仙道の文字が書きつけられた用紙も散らばっていた。

「記憶よりも、蔵書が多いのです」

仙道はかつてサフィール学園に潜入捜査をしていたから、その図書館を使ったことがある。特別な生徒として教授たちとも親しく語り合い、一般の学生には立ち入ることが許されなかった貴重書庫にも足を運んだのだ。

「学園で私が目にした本はおよそ三千冊。でもここにはその数倍の書物があるのです」

「もとからベルジュ城にあった本ではないんですか？」

「いえ、学園の物です。蔵書印を確かめましたから」

仙道が、そこにあった本を一冊とって表紙をめくってみせてくれる。確かに蔵書印が押してあって、かなり崩した文字ながらサフィールと読み取れた。

「学園で目にした三千冊は、主に蜜蜂や養蜂に関する本でした。でも、ここには、それ以外の本があった。むしろ、その方が多いのです。魔術の本です」

仙道はまた別の一冊を取り上げた。今度はまゆに中味を見せてはくれなかった。ただ表紙だけでも何かぞっとするような恐ろしい絵が描かれていた。

「学園でも魔術の授業はありました。でもそれは、歴史や古典を学ぶようなものでした。魔術、占星術、錬金術……一通りの知識で足りたのです。ここにあるのは、そうした入門書、概論の類ではなくて、専門書です」

「古い本なんですか？」

「ええ、二百年も三百年も昔の本がほとんどです」

まゆは一生懸命に考えた。シェーラの言葉を信じるならば、二百年も三百年も前には魔術が本当に存在していた。その当時の本であるとするなら、本物の魔術書ということだ。

「それがサフィール学園にあったということは」

「学園で、ひそかに魔術の研究がなされていたということです」

まゆの言葉を仙道が引き取った。

「単なる蜂蜜の専門学校以上の何かを、あそこは秘めていた。だからこそ銀蜂を引き寄せた」

天敵と成り得る利き蜜師の卵を害することだけが目的ではなく、隠された魔の香にこそ彼らは引き寄せられたのかもしれない。

「私は何も見えていなかったのかもしれません」

「でも、陽花《ようか》も気づかなかったなんて……」

まゆと陽花は過去見としてサフィール学園を覗いていたのだ。仙道とは違い、もっと大きな視線で見通していた筈だ。まゆはともかく金の守り蜂である陽花が何も気づかないなんて。

仙道は手にした本に目を落とし、何ごとか考えこんだ。


「誰か、いるの？」

ふいに、澄んだ声が響いた。まゆと仙道は弾かれたように振り返った。近づいてくるのはシェーラの声だ。

まゆが何者かに呼び出され真夜中の図書室にやって来たように、シェーラもまた、その声を聞いたのだ。仙道は必ずしも悪しきものではないと言ったけれど、人の理《ことわり》を外れた力だ。まゆのことは仙道が引き戻してくれたけれど。

短い悲鳴に似た声が、夜のしじまを揺らした。

「シェーラ様？」

まゆは作業部屋を飛び出した。

「待ちなさい、まゆ！」

仙道も慌てて追って来るが、レオンハルトの肖像画の前にたどり着いたのはまゆの方が早かった。

「……ここには、いない」

その絵は昼に見た時とはまるで違っていた。今のその絵は、凡庸な肖像画だ。画家の力量では、モデルの個性を描ききることができなかった、そんな力のない絵だった。生気も魅力も感じられない、ただの油絵。

それでは昼までそこに宿っていた魂は、どこに行ったのだろう。

答を、まゆは自分の背後に感じた。

「レオンハルト？」

答えるようにして、そっと彼女の肩に置かれる手があった。振り向いたまゆは、思わず大きく吐息をついた。

「シェーラ様」

立っているのはシェーラだった。身に纏《まと》う衣装は長く裾を引く古風なドレスで、黒髪を高く結い上げているけれど、その美貌はシェーラのものだ。

だが、何かが違うと、まゆは感じ取った。この人は、シェーラではない。姿はそっくりだけど。

その時、書棚の向こうから仙道の声がした。

「まゆ、手を貸してください」

急いで書棚を回りこんでみると、仙道が膝をついていた。傍らに崩れ落ちるように座り込んでいるのは、シェーラだ。

「え……」

まゆは混乱した。たった今、自分が目にした人影は誰なのか。けれど今、気になるのは目の前のシェーラの方だ。

「シェーラ様、どうなさいましたか?」

「ああ、ごめんなさい。大丈夫です」

無理に顔をあげたシェーラの頰《ほお》からは血の気が引いていた。

「足を滑らせただけです」

「どうして、こんな時間に、このようなところに？」

「気にかかる本があって。ごめんなさい、騒がせてしまって」

仙道の手を借りて、シェーラは立ち上がった。

「部屋に戻ります」

きっぱりとそう言われてしまえば、仙道にはそれ以上問い詰めることはできない。

「部屋までお送りしましょう。さ、まゆも」

「はい。あ、でもその前に。シェーラ様、植物学の本はどこにありますか？」

「え？」

まゆの言葉が唐突すぎたのか、シェーラが不思議そうに首を傾げた。

「チューリップについて調べたくて。せっかく図書室に来たのだから」

仙道がため息をついた。

「明日になさい、まゆ」

「はい」

「勉強熱心なお弟子を持つと、師匠も大変ね」

シェーラが小さく笑い、それで張りつめた空気が少しだけ軽くなった。

まゆとシェーラは仙道に送られて、それぞれの部屋に戻った。部屋の前で別れる時、まゆはシェーラの目を見た。そして確信したのだ。シェーラもまた、彼女に瓜二つの者の姿を目にしたのだと。そして彼女は、その者の正体に心当たりがあるのだ。

まゆは、昼間の図書室でシェーラが口にした言葉を思い出した。棺だと、シェーラは言った。図書室は、ベルジュ城の過去の住人が安らぐ場所だと。そうであれば、あの人はきっと。

「シェーラ様、あの……」

「おやすみなさい」

囁きを残して、シェーラは部屋に消えて行った。

「あなたもお休みなさい、まゆ」

まゆは仙道に背を押された。

「全ては明日、考えましょう」

朝の光が差し込む食堂でまゆと仙道を迎えたシェーラは、やわらかな笑みを浮かべて聞いた。

「おはよう。良く眠れたかしら？」

昨夜、図書室で出会ったことなど素振りにも見せない。

「はい。ありがとうございます」

だから、まゆもそう答えるしかなかった。朝の光の中では何もかもがくっきりと現実的で、夜の幻影はなかったものになって行く。客人である仙道とまゆ、そしてアルビノーニまでも女当主と同じテーブルに着いた。

「おじい様は？」

長いテーブルの反対側にある席に、シェーラが目をやった。

「もうお食事は済ませて、庭に」

「そう」

朝食はそれほど手の込んだ豪華なものではなかったが、流石《さすが》に素材は良い。城の厨房で毎日焼いているというパンは、とりわけ美味しかった。ただ添えられたのは蜂蜜ではなく、あたりの森で摘んだという黒スグリのジャムだった。

銀のカトラリーを優雅に扱いながら、シェーラはアルビノーニに聞いた。

「今日は忙しかったかしら？」

「午後は、商工会のリース様と面会の予定がございます。西の橋の補修の件で陳情に。午前中はベルジュ城の公開終了に関する案内状を作成します。書状は私の方で印刷させましたので、確認してご署名を。とりあえず、ざっと二百通ほど」

「そう。お客様をおもてなしする時間もないわね」

「どうか、お気づかいなく。私とまゆは終日、図書室で作業の予定です」

シェーラは形の良い眉をひそめた。

「あそこは火の気がないから、今の季節まだ午前中は冷え込むでしょう。午後になって少し暖かくなるまで、まゆにはお願いしたいことがあるのだけど、あなたの助手をお借りしてもいいかしら？」

「むろん構いません。まゆにできることであれば、何なりと」

「ありがとう」

シェーラは、にっこりと笑った。

「食事が済んだら、チューリップ庭園で働いている庭師の手伝いをして欲しいの」

「私、チューリップのことは何もわからないんですけれど、お役に立てますか？」

「難しいことではないの。重い物を持ったり、こんをつめて働き過ぎないように見張っていてくれれば良いの。チューリップのことになると話が止まらなくなるけれど、気が済むまで聞いてあげて」

「はい」

それなら、まゆにもできそうだ。シェーラはまゆに仕事を与えるというよりも、庭に出てのびのび遊ぶ時間を作ってくれようとしているのだ。

「今日は陽ざしがあまり強くないけれど、小まめにお茶の時間を取ってちょうだいな。昨日いただいた美味しい蜂蜜水を作ってあげたら、きっと喜ぶわ」

「長く働いている方なのですか？」

仙道が聞いた。大切な庭園の管理を任せているとはいえ、使用人に過ぎない庭師を当主がずいぶん気にかけている。アルビノーニがすかさず口を挟んだ。

「庭園を管理なさっているのは、先代です」

「先代のブランケンハイム伯爵ですか？」

「はい。御主人様のおじい様にあたられます」

シェーラは紅茶のカップにそっと指を滑らせた。

「おじい様は心臓が悪いの。当主の仕事から解放されて好きなチューリップに囲まれてのんびり過ごしたいと、ずっと言っていらしたけれど、私の両親が事故で早くに亡くなったものだから、なかなか隠居できなくて。だから、もう城のことで、おじい様を煩《わずら》わせたくないの」

まゆはシェーラに貸してもらったドレスを着て、ドレス全体を覆うエプロンをつけた。

メアリが用意してくれた長靴は、まゆの足にぴたりと合う子ども用の物だった。日よけの麦《むぎ》藁《わら》帽子も貸してもらって、まゆは張り切って庭に出た。

チューリップの庭園はあまりに広く迷ってしまいそうだった。それでも、あのあたりにいらっしゃるでしょうとアルビノーニに教えられた方に歩いていると、しゃがみこんで作業をしている老人に出会った。

「先代のブランケンハイム伯爵でいらっしゃいますか？」

まゆが声をかけると、老人は驚いたように振り返った。くたくたになるまで着古したズボンには乾いた泥がはねて、シャツも丈夫な綿製だ。事前に言われていなければ、とても昨年までブランケンハイム伯爵としてこの地を治めていた大貴族とは気づかれない装いだ。

「おや、これは失礼した」

老人は麦藁帽子をちょいと上げて挨拶した。

「シェーラが言っていた、お客人だね？　利き蜜師のお弟子だ」

「はい、まゆと呼んでください」

「シェーラに、私のお目付け役を言いつかったかね？」

「庭で遊んで来いって、言われました」

老人は、かっかっと笑い声をあげた。まゆの返事が気に入ったらしい。

「良い季節だ。心ゆくまでチューリップを愛《め》で、バリバリ働くとしよう。私のことは、おじいさんとでも呼びなさい」

「ええと、それは……」

「由緒ある名を全て名乗ると大変なことになるぞ。聞きたいか？」

「いいえ」

「では、簡略化した呼び名を教えよう。フリッツだ。おじいさんかフリッツか、二択だな」

茶目っ気があるのか頑固なのかわからない。

まゆはさんざん悩んだあげくに、愛称を選んだ。

「フリッツ、私は何をすれば良いですか？」

シェーラに対してそうしたように「様」をつけたら、またアレコレややこしいことが起こりそうで、思い切って呼び捨てにしたのだが、これが老ブランケンハイムには、ことのほか嬉しかったらしい。

「まずは、私と一緒に花がら摘みをしてもらおう」

老ブランケンハイムはそうごうを崩して、まゆを手招いた。

「花がら摘み？」

「見てごらん。ここの部分を、こうやって折り取って行くんだ」

皺《しわ》深い手が、花びらの落ちてしまったチューリップの子房部分を折り取って行く。

「咲き終えたチューリップを放っておくとタネができて、養分が地下の球根に行きにくくなる。球根を肥大させるため、それから病気の予防のためにも、花が咲き終わったら子房の部分を折り取るんだよ」

まゆも老人の真似をした。老人はしばらくまゆの作業を見ていたが、満足したのか小さくうなずいて自分も作業に戻った。二人はしばらく黙々と花がらを摘んで行った。一つ一つの花を調べての手作業だから、ずいぶんと手間がかかる。

「ここのチューリップは全部、フリッツが一人で世話をしているんですか？」

「今はな」

老ブランケンハイムは答えた。

「庭師は四人いたが二月前に辞めてもらった。もうすぐ、ここは閉鎖される」

老ブランケンハイムは手を止めて、広い庭園を見回した。花の季節を長く楽しめるように様々な品種のチューリップが植えられていて、すっかり花を落とした物もあれば、今が満開の物も、固い蕾の物もあった。後二月とたたず、この花たちも姿を消すのだ。

そうせざるを得ない、どんな事情があるのだろう。シェーラにも老ブランケンハイムにも聞くことができず、まゆはうつむいた。

「この作業も、もはや意味がないのだが」

花がら摘みに戻った老ブランケンハイムが言った。地下の球根に充分な養分を行き渡らせるために、花がらを摘むと彼は教えてくれた。

「球根は掘り起こしたりしないで、そのままにしておくんですか？」

「そうだ。雪に埋もれる冬も土の中は温かい。球根は地下で冬を越して、次の春にまた見事な花を咲かせるのだ」

けれど来年の春、その花を見る者はいない。

無駄になるとわかっていても、老ブランケンハイムは作業を止めない。チューリップ庭園が閉鎖されずにすむ道を模索しているのかもしれないが、ただこうして花の世話をすることが彼の日常なのだ。

「私、今まであまりチューリップを見たことがなかったんです」

まゆの言葉に老ブランケンハイムはうなずいた。

「利き蜜師の弟子なら、無理のないことだ。養蜂家の村には無縁の花だからな」

まゆの周りで咲いている花の多くは、蜜蜂が採蜜することを前提に栽培されている。レンゲやクローバー、ソバ。菩提樹やアカシヤ、コーヒーの林もそうだ。

「チューリップの蜂蜜がないことも知らなくて、恥ずかしいです。蜜蜂がどうしてチューリップから採蜜しないかわからなくて。どうしてなんですか？」

まゆは素直に聞いた。仙道から知識として教えてもらうのとは少し違う。一緒にチューリップの世話をしながら老ブランケンハイムに聞くのなら、本で調べるよりもずっと心に残ると思った。

「蜜蜂がチューリップから採蜜しないのは、一つには彼らの目が赤色を見ることができないからだな」

月花と同じことを老ブランケンハイムも言った。

「だがもっと大きな問題は、花の構造にある。チューリップの蜜腺は他の花と違って、蜜蜂が入り込みにくい場所にある。長い歳月をかけて改良され球根で増やすことが主となってからは、蜜腺は退化していったのだ」

チューリップのことになると話が止まらなくなる。シェーラが言った通り、老ブランケンハイムは生き生きと話を続けた。

「チューリップは園芸用の花としては薔薇《バラ》と並んで愛好家が多く、今では七千種とも八千種とも言われるほど種類がある。ここで栽培されているのは五十品種ほどだが、昔は城だけでなく村も一面チューリップで埋め尽くされていたし、毎年のように新種が発表されたものだ」

「もともとは、この村でも養蜂が行われていたと聞きました。ベルジュ侯爵が奥様の為に、彼女の生まれ故郷の花だったチューリップを植えさせたって」

「今から二百年も昔のことだ。シーリーンの肖像画を見ただろう。あの絵の中で彼女が胸に抱いている赤い花が、この地に持ち込まれた最初のチューリップだと言われている。今もわずかだが栽培されている、フレイヤという品種だ」

「フレイヤ？　彼女の乳母と同じ名前ですね」

「乳母の呼び名を、チューリップから取ったのだろうな。古い言葉で炎を意味すると文献にあった。はじめは、その一品種だけだったものを、ベルジュ侯爵が様々な品種の球根を買い求め、新種の開発にも莫大な金を投じた」

話をする間も老ブランケンハイムの手は流れるように作業を続けた。話に聞き入るあまり、まゆの手は止まりがちになるというのに。

「村はチューリップの一大産地として名を轟《とどろ》かせ、咲く花は海原のようだったと言い伝えが残っている。だが城が無人となった数十年の間に、チューリップもまた一度、姿を消した。この庭改良を重ねられた花は、人の手をかけられなければ満足に咲くことができないのだ。この庭園が枯れ果て、栽培法を指導する者を失った村でも花は失われていった。荒れ果てた庭にはじめて足を踏み入れた時の衝撃は今も忘れることができない。無残なものだった」

野に咲く花たちが人に顧みられることがなくても美しく花開くのとは違う。

「ずっと、無人だったんですか？」

「何だね？」

「城主が姿を消して何十年もの間、この城には本当に誰も住んでいなかったんですか？」

何故そんなことを聞いたのか、まゆは自分でもはっきりとわからなかった。老ブランケンハイムも不思議そうに首を傾げた。

「私が城の購入を決めた時、時おり見回りをしている者はいた。執事として働いてもらっているアルビノーニのことだが。だが、ここで暮らしている者はいなかった」

「本当に？　誰もいなかったんですか？」

まゆが重ねて聞くと、老ブランケンハイムは手を止めた。彼の眼差しは深く、幾らかの厳しささえも混ざっていた。それでも、まゆには怯《ひる》む理由がなかった。

「利き蜜師は時として、人には見えぬものを見ると聞くが、確かに」

長い沈黙の後で、ふっと老ブランケンハイムの唇に笑いが浮かんだ。

「長い歴史を持つ城だ。ましてここは魔女が住むという樹氷の谷を越えた場所。私たちの常識に囚《とら》われぬ何者かがいてもおかしくはない」

老ブランケンハイムは、城の一角に目をやった。まゆも見あげると、こちらからの視線に気づいたのか身を翻す人の後姿があった。人影が消えたのは、図書室の窓辺だった。思わず息を飲んだまゆに、老ブランケンハイムは声をあげて笑った。

「さあ、お茶にしようか。その後は良い咲きぶりの花を少し切って城内に飾ろう」


チューリップを山のように入れた籠を軽々と背負う老ブランケンハイムの後について、まゆはベルジュ城の中に入った。あいかわらず、城の中は冷えた重苦しい空気に支配されているが、それをわずかにやわらげているのは、あちらこちらに置かれた花器だった。大ぶりの花瓶に、無造作に放り込まれるようにチューリップが飾られていた。

開ききったり花びらが落ちてしまった花を、新しいものに取りかえて行くのだ。老ブランケンハイムは、まゆの好きなように花を選ばせてくれた。

シーリーンの肖像画が飾られた玄関ホールに、まゆは象牙色の花を選んだ。清楚な白い花は優しい光のようで、あたりを少し明るくした。

「アイボリーメロディだ」

まゆが手にした花を見て、老ブランケンハイムが教えてくれる。白いチューリップだけでも、彼は幾種類もの花をまゆに示した。

「シラユキヒメ、マウリーン。それから、これはブランネージュ」

「薔薇みたい」

「八重咲きと言われる種類だからな」

二階にと進みながらまゆは、ほっと吐息をついた。

「チューリップって本当に色々な種類があるんですね。私、一種類しか知りませんでした」

子どもがクレヨンで最初に描くようなチューリップだ。

「さあ、二階に行こう。急がないと昼になってしまう」

老ブランケンハイムに連れられて、まゆは階段の踊り場や二階の廊下に置いてある花瓶のチューリップを入れ代えていった。ふんわりと丸みをおびた花びらが可愛らしい黄色の花、母が引く口紅のように鮮やかな赤い花、白とピンクが花びらに絞り模様を描く不思議な花。一重咲き、八重咲き、色々に取り混ぜてみる。

シェーラの部屋の花はメイドが生けると言われたし、まゆと仙道の部屋の花は昨日、生けられたものだったので、さほど時間をかけず二人は仕事を終えた。

「今日は助手がいたから、ずいぶん仕事がはかどったな」

「ほとんど、役に立たなかったと思うんですけど」

花が摘みにしても、まゆの作業スピードは老ブランケンハイムよりずっと遅かった。

色々なことを教えてもらうばかりだった。

「いやいや、今まで色々な者と働いたが、君のように一緒に働いて楽しい相手はなかなかいない。君ほど良い聞き手ははじめてだ。四人いた庭師は皆、私よりずっと知識も経験もあったから蘊蓄《うんちく》を披露する機会などなかったし、私が最初に得た助手は、これはもうひどかった」

「ひどかった?」

「花には、まるっきり興味がなかったのだ。私が教えてやることを右から左に聞き流して、見張っていないと雑草よりもチューリップを引っこ抜くような奴だった」

確かに、ひどい助手だと思う。それにしては、老ブランケンハイムの口ぶりは、とても優しかった。

「さて、これで終わりかな」

老ブランケンハイムが咲き終わったチューリップでいっぱいになった籠を背負った時、まゆは気づいた。

「図書室に飾る分を残しておきませんでした」

ちょうど図書室の前を通りかかったところだ。慌てるまゆに対して、老ブランケンハイムは落ち着いて言った。

「かまわない。図書室には、花は飾らないことになっている」

「どうしてですか？　本が汚れると困るから？」

花粉が散るかもしれないし、花瓶が倒れて水がこぼれるかもしれない。

「そういうことではない。昔からの決まりごとなのだ」

「そうですか……」

まゆは何気なく図書室の扉に手を触れた。けれど鳥の形をしたノブは、みじんも動かなかった。仙道は午前中から図書室で作業をしている筈なのに。

「どうしたね？」

「扉が開かなくて。中でお師匠が作業をしている筈なんですけど」

「ああ、作業部屋に続く扉から出入りしているのだろう。あちらの鍵を利き蜜師に渡すとシェーラが言っていた。ついでに、利き蜜師の弟子には城の全ての場所に好きに出入りして良いと許可したと言っていた。アルビノーニが渋い顔をしていたがね」

老ブランケンハイムは面白そうに笑った。外の世界から飛び込んできた子どもが、お堅い執事を振り回すのが楽しくてたまらない様子だ。

「図書室には二つの入り口があるが、この大扉に鍵はついていない」

「でも……」

「気まぐれなのだよ、この部屋は。静かにしていたい時は、訪れる人を拒む。古くからある家や部屋は、大抵そんな力を持っているものだよ。利き蜜師が鍵を持つ方の扉は比較的新しい物だから、図書室全体の意思が通じないのかもしれない」

「お師匠が危ないことはないんですか？」

まゆの入室を拒むのが図書室の意思だというのなら、仙道はどうなるのだろう。不安を浮かべるまゆの背を、老ブランケンハイムはぽんっと叩いた。

「心配は要らない。図書室は広いのだ。彼が自身の仕事をし、分を超えた振る舞いをせぬ限り、問題ないだろう」

「そうですか」

完全には安心できないが、まゆはとりあえず胸を撫で下ろした。

「また後で来てみれば良い。その時はあっさり開くだろう」

四章　呪われた城

「何をしているの？　まゆ」

　その午後、図書室の大扉の前でうろうろしていたまゆは、シェーラに声をかけられて飛び上がった。シェーラは、客人を送り出して部屋に戻ってきたところのようだった。

「さっき、扉が開かなくて。もう一度、試してみようと思ったら、なんだか緊張してしまって」

「あらあら。この扉は気まぐれなの」

「はい。フリッツに聞きました。あ、先代の伯爵様に」

「フリッツと呼んであげて。おじい様は、その方が喜ぶでしょう」

　そう言って、シェーラは手を伸ばした。彼女がほんの軽く手をかけただけでノブは動いた。

「私にもやらせてください」

　当主であるシェーラだから扉が開くのかもしれない。シェーラは一度きちんと扉を閉めてからまゆの後ろに退いた。まゆはおそるおそる、扉に触れた。

「あ……」

午前中に来た時はかなり力を入れても開かなかった扉が、音もなく滑ったのだ。シェーラが優しく促した。

「入って良いって、言っているわよ」

シェーラと図書室に足を踏み入れたまゆは、昼下がりの明るい光の中で、その部屋に似つかわしくないような幾つもの物を見つけた。一番陽の良くあたる窓辺に置かれた長椅子は、閲覧用なのかもしれないが、なぜ化粧台が図書室にあるのだろう。象牙色をした小型のグランドピアノ、チェス盤、ティーテーブル、揺り椅子、暖炉。

最初に図書室に入った時は、荘厳な雰囲気と書棚の量に圧倒されるばかりで、気づくことがなかったのだ。それらは全て生活の匂いはしないが、高価なアンティークという風でもない。なぜ図書室に？

「シーリーンが、一日の大半をここで過ごしたからよ」

まゆの疑問に、シェーラはそう答えた。

「彼女は十六歳で嫁いで来てから、二十九歳で亡くなるまでの十三年間、ただの一度も城から外には出なかったの。城と言っても、彼女にとってはこの図書室がその全てというくらいに」

「……なぜ？」

「異国での慣れない生活に心が弱っていったのでしょうね。他人の視線を極度に恐れるようになって、侍女すら遠ざけたと聞くわ。ベルジュ侯爵は、彼女を心から愛していたけれど、商用で城を離れることも多かったから、シーリーンは孤独だったの。頼りとするのは乳母のフレイヤだけ」

まゆは、玄関ホールに飾られた絵を思い浮かべた。まるで人形のように可憐で美しかった十六歳の少女。彼女は、幸せではなかったのだろうか。シェーラは悲しそうな瞳で続けた。

「亡くなる二年ほど前から彼女は心を病んでしまって、ベルジュ侯爵のことも息子であるレオンハルトのことも、見分けられなくなっていたそうよ。あの見事なチューリップ庭園も、最後まで主を迎え入れることはなかった。シーリーンはただ、時が止まったようなこの部屋で、自分だけの安全な世界に逃げてしまったの。日溜まりで揺り椅子を揺らし夢を見て、後は眠るだけ……そうして、少女の面影のままで亡くなった」

時が止まったような部屋。その言葉を聞いたとき、まゆは「ここは棺だ」と言ったシェーラの想いが、わかったような気がした。何十年もの間、利用する者もなく眠る無数の書物は、冷気をおびているようだった。

ひしひしと迫ってくるような暗い書棚から目をそらして、まゆは聞いた。

「お母さんがそんな風だったら、レオンハルトは誰に育てられたんですか？」

「シーリーンが亡くなった時、レオンハルトは十二歳。つまり、彼もまた子ども時代のほとんどの時間を、この図書室で過ごしたの。ベルジュ侯爵が城にいる時は無理矢理に部屋から連れ出して、食堂で食事を取らせお風呂に入れて庭にも出したけれど、息子と引き離されるとシーリーンが酷《ひど》く取り乱したから」

「それじゃあ、レオンハルトも外には出なかったということですか？」

「そうね。家庭教師がつけられたけれど図書室に入ることはできず、レオンハルトとシーリーン、乳母のフレイヤだけが、この部屋で小さな世界を築いていたの」

「……今も？」

その問いを、まゆは深く考えることなく口にしていた。

「まゆ？」

「今も彼らはここにいるんですか？」

シェーラは答えずに、グランドピアノの象牙色の蓋を開けた。あめ色に変わった鍵盤を押すと深い音が一つ、図書室の中に広がって消えた。

「そうかもしれないわね」

「シェーラ様……」

「さあ、お茶をいただきましょう」

シェーラはピアノの蓋をしめて、ふわりとまゆの傍らを通り過ぎた。翻るスカートの裾は窓辺で見た人影を思い出させた。

「昨日の蜂蜜水をまた作ってね」

「はい」

まゆは気を取り直した。仙道に見てもらって、レシピには改良を加えたのだ。午前中に庭で作業をした時に、チューリップ庭園から離れた一角でハーブが育てられていることも調べておいた。

「部屋でお待ちください。ハーブを摘んで来ますから」


仙道は手もとの蔵書リストを閉じて、軽く肩を回した。

図書室での作業も四日目に入るが順調とは言いがたかった。蜂蜜や蜜蜂、養蜂に関する資料ならほぼ全て把握しているから、右から左でチェックをすれば良い。内容の重要度よりもむしろ現在入手が可能かどうかに絞って取捨選択していく。蔵書リストは古典が中心となるが、それでも協会で引き取るべき物については大方纏まった。

問題は、その倍以上の量がある魔術書の方だ。その分野に関して仙道は詳しくないのだ。最新の世界情勢から文明発祥の歴史までおよそ知らないことはないと言われる利き蜜師ではあるが、知識に偏りはある。

「さて、どうするか」

守り蜂の月花を伝令として利き蜜師協会の会長モンクのもとに飛ばし、指示を仰ぐという選択肢はなかった。月花を今まゆから離すわけにいかないし、そもそもモンク会長が信用できない。六十年前、サフィール学園の蔵書をベルジュ城に預けた本人である会長が、その内容を把握していなかった筈がない。

モンク会長は、あえて仙道に何も告げなかったのだ。この書物の山をどう扱うか、会長は仙道を試している。入手困難な古書という観点からは、優先されるべきは魔術の書物だろうが、それのみを協会で引き取ることが彼の望みとは思えない。

これまで通り、人の目に触れることなくだが大切に保管されること。それがモンク会長の望みであり、その為には城主であるシェーラを翻意させなければいけない。たいていの相手であれば、それと気づかれぬままこちらの思い通りにことを運ぶことができる仙道だが、どうもベルジュ城ではいつもの調子が出ない。

蜜蜂の羽音が聞こえず金色の輝きのない場所は、ひどく淋しい。

「せいが出ますね」

部屋の入り口から声をかけられて、仙道はふっと眉をひそめた。まるで気配を感じさせず、足音一つ立てず現れたのは執事のアルビノーニだ。

「何か、ご用ですか？」

「作業の進み具合をお聞きしようと思いまして」

まだ終わらないのか、早く城から出て行け。執事の顔にははっきりとそう書いてあるが、仙道は気づかないふりをした。

「まるで見通しがたちません。十日かかるか一月かかるか」

「助手を使えば、もっと捗《はかど》るのでは？　あなたの弟子は、どこで何をしているのです？」

まゆは一日の多くを、チューリップ庭園で先代ブランケンハイム伯爵と過ごしている。合間にはシェーラに蜂蜜水を調合し話し相手になり、厨房を借りて菓子作りに励んでいる。健康的で良い生活だと、仙道は好きにさせているのだ。

「まゆは、すっかりブランケンハイム伯の虜《とりこ》です」

シェーラのことを、まゆは「とても綺麗な人」と言った。確かにシェーラは仙道から見ても美しい人であるが、まゆは表面上の美醜で人を判断することをしない子だ。彼女が綺麗な人だと感じたならば、シェーラはその魂が美しいのだ。

「子どもがうるさくして申し訳ないですが」

「それは、まあ良いのです。もとより、あなたの助手には御主人様のお相手をお願いしようと思っていましたから。御主人様は最近お元気でお過ごしになり、喜ばしく思っています」

それはアルビノーニの本心のようだった。それでいて、彼はひどく苛立《いらだ》っている。仙道とまゆが訪れたことで、城に生まれた何らかの変化。それがアルビノーニの望むものではないのだ。

変化がこれ以上大きくなる前に、利き蜜師とその弟子には城を去っていただきたい。シェーラには不審を抱かれぬよう、穏当な形で。

アルビノーニの灰色の瞳は、そう言っている。

「誰か他に手伝いの者を手配しましょうか？」

「今はまだ、その段階ではないので」

アルビノーニの提案を仙道は退けた。それから、ふいに思いつくことがあって続ける。

「あなたに手伝っていただくというのは？」

「私、ですか？」

「ベルジュ城のことについて、一番詳しいのはあなただと伺いました。ブランケンハイム伯からも、先代からも」

アルビノーニは、何十年もの間打ち捨てられていたこの城を訪れていた。シーリーンの乳母の孫だと名乗っているが、それはあまりにも不自然ではないか？　彼はどこに住まい、何を収入として暮らしていたのか。

何より不自然なのは、老ブランケンハイムもシェーラも、アルビノーニの存在に、わずかの疑念も抱いていないということだ。

「私は、これでも多忙の身ですので」

アルビノーニは、あっさりと断った。

さて、どこから踏み込むか。

仙道が息を吸い込んだ時、庭の方から誰かが叫ぶ声がした。まゆの声だ。同時に月花の声が直接に頭の中に響く。仙道に助けを求めている。

仙道は椅子を蹴り倒す勢いで立ち上がった。図書室を飛び出したのは、仙道とアルビノーニと同時だった。即決で一次休戦協定を結んで二人は階段を駆け下りた。

チューリップ庭園に飛び出すと、老ブランケンハイムが座り込んでいて、傍らにいたまゆが泣きそうな顔で仙道を迎えた。

「お師匠！　フリッツが……」

まゆが老ブランケンハイムをフリッツ呼ばわりしていることを知って、当初こそ流石の仙道も驚いたが、数日を過ごすうちにすっかり慣れてしまった。

「急に胸が痛いって……」

「いつもの発作です」

進み出たアルビノーニがお仕着せのポケットから小さなケースを取り出す。中に入っている錠剤を老ブランケンハイムの舌下に含ませる。その頃には城からメイドたちやシェーラも出てきて、大変な騒ぎになった。

「とりあえずお部屋の方へ」

肘掛け椅子が持って来られた。老ブランケンハイムを載せた椅子は仙道とアルビノーニが運んだのだが、仙道の腕にはほとんど負荷がかからなかった。アルビノーニが常人ではあり得ないほどの力で椅子を運んだのだ。

老ブランケンハイムの居室は一階の、建物の裏手にあたる部分にあった。気が向いた時に庭に出ることができるように、自ら望んでのことだと言う。先代当主の部屋にしては驚くほど簡素だが、堅苦しいところは少しもなくて、緑の香がした。

「ハンス先生をお呼びして！」

蒼白な顔をして自分の方が今にも倒れそうなシェーラが命じるが、アルビノーニは首を振った。

「先生は学会にお出かけで、戻りは週末になると」

「じゃあ、馬車を呼んで」

村で唯一の医師であり老ブランケンハイムのかかりつけ医でもあるハンスは不在と言う。馬車を呼び隣町まで行くか、いっそ汽車で大きな町まで移動するか。

「今、動かすのは負担が大きすぎるでしょう」

仙道は静かに言った。

「私が診《み》ましょう」

利き蜜師には内科的なものに限って医療行為が認められているのだ。それは、その場にいる誰もが知ることだったらしい。アルビノーニは明らかにほっとした顔をしたが、シェーラは口ごもる。

「でも……」

その時、老ブランケンハイムが、ゆるゆると目を開けた。

「私は城を離れないよ」

「おじい様！」

「そのことは何度も話しあっただろう、シェーラ」

シェーラは唇を噛んだ。何度も何かを言おうとして、結局、彼女は引き下がった。アルビノーニが小さなノートを持ってくる。

「こちらがハンス先生の書きつけです。不在の時の対処法が書いてあります」

「ありがとうございます」

仙道はパラパラとノートをめくってみたが、目新しいことは書いていなかった。老ブランケンハイムが抱えているのが心臓の病であることは知らされていた。先ほどアルビノーニが含ませた薬によって、発作はとりあえずおさまっている。

年齢的なものもあり、老人の状態があまり良くないことは誰の目にも明らかだった。利き蜜師であれ医師であれ、病を治すという点では今この場でできることはあまりないのだ。後は、少しでも心地良く過ごせるよう手を尽くすしかない。

「まゆ、私のトランクに入っている気つけ薬を持って来てください」

「はい！」

「待って、まゆ」

弾かれたようにきびすを返すまゆをシェーラが呼び止めた。

「シェーラ様、何か？」

「あなたが側にいてくれて、良かったわ。ありがとう」

その言葉に嘘はなかった。わずかでも本心を隠した言葉であれば、仙道と、何より言葉をかけられたまゆにはわかる。

側にいたのに老ブランケンハイムが倒れるまで気づけなかった。そのことで自分を責めているに違いないまゆを、シェーラの言葉が救ったのだ。一瞬、泣き出しそうな顔をしたまゆは、一つ頭をさげて部屋を走り出て行った。

部屋に広がる清々しい香りに、老ブランケンハイムだけでなく、その場にいた者の表情がふっとゆるむ。まゆに持ってこさせた壜の中味はカガミノで村の治療師である瓜と仙道が共同で開発したものだ。邪気や病を払い、空気を清浄にする。

春の午後ではあるが暖炉に火を入れさせてから、仙道は温かい飲み物を作り始めた。老ブランケンハイムが好むという古酒をわずかに加えた蜂蜜水だ。それをなめるように少しずつ飲むうちに、老ブランケンハイムの顔色はだいぶ良くなった。

「さあ、もう心配はありませんよ」

「ありがとうございます。利き蜜師がいてくださって、本当に良かった」

瞳を滲《にじ》ませて、シェーラが礼を述べる。

「老伯には、少し休んでいただきましょう。私がついておりますから、シェーラ様も少しお休みください。まゆに、よく眠れる飲み物を作らせましょう」

シェーラは祖父の側についていたい素振りを見せたが、まゆに付き添われて素直に部屋を出て行った。まだ動揺しているまゆに役目を与えた仙道の意図を察したのだろう。賢明で、心優しい娘だ。

「老伯は素晴らしい後継者を得ましたね。自慢のお孫さんでしょう」

仙道の言葉に老ブランケンハイムは、顔をほころばせた。

「君こそ、良い弟子を持っている」

老ブランケンハイムは、そこで思いついたようにアルビノーニを呼んだ。

「午後に私への来客があったのではないか？」

「先方にお断りを入れましょう。先週の会合でほぼ内容は決まっておりますから、事務上の手続きだけでしたら郵送でも」

「いや、お前が代理でお会いしてくれ。シェーラに頼むべきところだが、あれも少し休ませてやらないと。お前も忙しいところすまないが」

「私でよろしければ」

「先方には失礼をお詫びしてくれ」

客を迎える準備があるからと、アルビノーニは出て行った。扉が閉まり完全に気配が消えてから、仙道は聞いた。

「彼を遠ざけられましたか？」

老ブランケンハイムはうなずいた。

「君に話がある」

込み入った話になるからと言われて、仙道は老人の枕元に椅子を運んだ。

「君にはわかるだろう。私の心臓はかなりガタが来ていて、もう長くは持たないのだ。寝台の上で大人しくしていれば多少の時間を引き延ばせるとしても、私はそんなことは望んでいない。最後までこの城で、庭で過ごしたいのだ」

「老伯のお気持ちは、城のみな様もわかっているでしょう」

「老いた者が先に逝くのは自然の理だ。残された者は悲しみはするだろうが、時と共に私の死を受け入れるだろう。だが、あの子は違う」

「シェーラ様のことですね」

「君は気づいただろう？　私を蝕むものは老いと病だが、シェーラの健康を損ねているものは違う。あれは一族が負う業《ごう》、城が秘める悲嘆の歴史だ。遠からず、あの子は命を落とすだろう」

老ブランケンハイムは、感情を押し隠して続けた。

「城もチューリップも、一族の者も滅びの時を迎える。そのことについて、君の力を借りるつもりはないのだよ、利き蜜師。これは我が一族の問題だ」

仙道は目を伏せた。あの美しい人を襲う運命を知れば、まゆは悲しむだろう。できればその前に、城を離れたい。

「君の弟子がシェーラにひと時の安らぎを与えていることには感謝する。私もまた、ずいぶんと助けられた。だからこそ忠告しよう。早いうちに、城を去るがいい」

「私は、踏み込むつもりはありません。ですが今はまだ帰る時ではないのです。サフィール学園の蔵書には不可解なことが多すぎる」

「学園の蔵書に、既に滅びた魔術に関するものが多い点かね？」

「あなたは、ご存知なのですね。六十年前、全てご存知で蔵書を引き受けた」

「君は若い。知らないことが多くても当然だろう」

仙道の本当の年齢を知らない老ブランケンハイムは言った。二人はほぼ同じ年のはずだが、もちろん仙道は何も言わなかった。

「かつて魔術師は、その守護するものにより陽と月の二つの陣営に分かれていた。太陽を信ずる陽の魔術師と、月よりその力を得る月の魔術師だ。そこまでは、君も伝承として知っているだろう」

「ええ」

産業革命によって押し寄せた科学の力が、魔術師を追い払ったのだ。

「それは表向きの話だ。魔術師たちは歴史の表舞台からこそ姿を消したが、存在が消えたわけではない。姿を変えて生き続けている。魔術師という名を捨て、その能力をギリギリまで封じ、科学と共生する道を模索したのだ」

老ブランケンハイムは、すっと指を伸ばして仙道の胸のあたりを指した。

「そなたたち利き蜜師こそが、陽の魔術師の末裔だ」

にわかには信じがたい話だった。だが思いあたる点がないわけでもない。社会の進化に適応し人々の生活に溶け込んではいるが、利き蜜師は明らかに科学で解明できない異質な力の持ち主だ。とりわけ金のマスターに任じられる者たちは。

「養蜂家の中に利き蜜を得意とし深い知識を持つ者は昔からいた。だが利き蜜師という国家資格が生まれたのは、ほんの二百年ほど前の話だ。利き蜜師という仮面をつけることを選択した魔術師たちが配下を掌握し、統制するための機関だ」

「おっしゃる通りです。ですが、そうなると月の魔術師は？」

「陽の魔術師ほど上手く擬態ができなかった。人々が抱く魔術師のイメージにより近いのは彼らの方だからな。だが滅びたわけではない。今は深く地に潜り再びの時を待っているのだろう」

　仙道は昨春の銀蜂との戦いを思い返した。養蜂と共に生きるこの国の多くの人々にとって、銀蜂は邪悪の象徴だ。だが銀蜂の王を退けたあの時、仙道はその背後により一層強大な敵の存在を感じ取ったのだ。あるいは彼こそが。

「月は人を惑わすが、癒しもする」

　老ブランケンハイムのやわらかな声に、仙道ははっと顔をあげた。

「太陽は人に恵みを与えるが、焼き尽くすこともある」

　二つの魔術師は相容《い》れぬ存在かもしれないが、対立するものではなく、善悪に分けられるものではない。

　老ブランケンハイムは、そう言っているのだ。

　仙道は、今は亡き友を思い出した。強大な力を秘めた彼は、月の守護を受けていた。若い時は、闇の世界に引き寄せられてしまうのではと危ぶんだこともあるけれど、彼は最後まで優しく、純粋な人だった。闇夜から人々を守る月の光のように。

「月の魔術師たちは、どこにいるのでしょうね」

　仙道はつぶやいた。彼らはどこで、どんな形で、時が至るのを待っているのだろう。

「君たちほど組織だった存在ではなく、バラバラで、自身をそれと知らぬ者も少なくないと思う。例えば、水脈《すいみやく》師という職業を聞いたことはないかね？」

「砂漠や高地で、希少な水源を探すという人たちですね」

「そうだ。彼らはどんな力を持って地下深くある水脈を探り当てるのだろう。あるいは国家に認定された占星術師とは外れたところで活動する夢占《ゆめうら》師、芸術と退廃の都と言われる古都に生きる楽師たち。まあ、こじつけかもしれないがね」

仙道は、静かに息を吐き出した。

「あなたは、どうして魔術の歴史にそれほど詳しいのですか？」

既に滅びたと、誰もが思っている存在だ。

「職業病だな。興味を持ったことはとことん調べねば気がすまない。そういったことに詳しい、古い友人がいたことも大きいが」

「古い友人、ですか」

「さて、学園の蔵書に話を戻そう」

はぐらかすように小さく笑って、老ブランケンハイムは続けた。

「サフィール学園が設立されたそもそもの目的は、魔術の力を秘めた子どもたちを集め、その能力を制御する為だったのだろうと、私は思う。その力を蜂蜜に特化させるのだ。時代を経て、設立当初の色は薄れたにしても、学園の真の目的を利き蜜師協会が把握していないとは考えられない」

「確かに学園は国中を回って、見込みある子どもたちを探していました」

学校の定時テストでずば抜けた成績を取る子ども、巫女《みこ》や占い師の弟子たち、その他あらゆる分野で突出した才能を示す子どもたちに、彼らは接触した。金の卵を探していたのだ。彼らを月の陣営に奪われる前に、自らの色に染め上げるために。

サフィール学園に現れた銀蜂たちの目的も同じだった。

いつか、それを過去の事実として語ることを忘れ、仙道は答えていた。自らもその学園で学んだこともあると語ったようなものだ。老ブランケンハイムは微かに訝《いぶか》しそうな表情を浮かべたが、仙道を問い詰めることはなかった。伝えるべきことは、他にある。

「私がサフィール学園の蔵書を引き取ろうと思ったのは、魔術師の真の歴史を守りたかったからだ。利き蜜師協会が蔵書を手にすれば、魔術師の歴史は改竄されただろう」

仙道は苦く笑った。

「どうしたね?」

「自分の若さに呆《あき》れ返っているのです。私は何も見えていなかった」

六十年前、サフィール学園に送り込まれた時もそうだ。銀蜂の脅威の背後にある存在について、仙道には何も知らされなかった。学園の蔵書に秘められた真実も。仙道はずっとモンク会長の掌《てのひら》で踊らされていたのだ。

今、蔵書が利き蜜師協会の手に戻れば、モンク会長は自身に都合の良い資料だけを残し他は焼くだろう。

「この蔵書を、君に託したい。金色の利き蜜師」

老ブランケンハイムは言った。

「村の南方に私が所有する土地がある。ブランケンハイム家の財産とは別に、私個人の持ち物だ。私が死んだ後は、そこは旧知の果樹農家に譲られることになっている。果実酒の酒蔵が建設され、その一つは秘かな図書室となるのだ」

「あなたのお考えはわかりました」

利き蜜師協会には無難な目録を提出し、彼らの目に触れてはならない書物は秘かに移動させるのだ。

「ですが、この城を守ることに力を貸せとはおっしゃっていただけないのですね」

「利き蜜師、それは……」

「運命と戦うおつもりはないのですか？　ご自身の為ではなく、若い世代の為に」

老ブランケンハイムの琥珀色の目が仙道を見つめた。だが、それは静かに閉じられた。

「いささか疲れた。話をしすぎたようだ。私は少し眠ろう」

暗に退出を促され、仙道は諦めて椅子から立ち上がった。

部屋を出た所で、仙道はちょうど廊下をやって来るまゆを見つけた。

「シェーラ様は？」

「フリッツは？」

二人は同時に相手に問いかけて、苦笑した。

「老伯はお休みになりましたよ」

「シェーラ様も、大丈夫です」

「それは良かった」

仙道はまゆを庭に誘った。

「月花も少し運動させないと、体が固まってしまいますからね」

チューリップ庭園に出るとすぐに、仙道は月花に合図をして術から解放してやった。ひさしぶりにブンブンと勢い良く飛び回る姿は嬉しそうだ。幸いというわけではないが、老ブランケンハイムとシェーラは部屋で休み、アルビノーニは来客の相手をしている。他の者たちが月花の姿を見ても、ただ珍しく蜜蜂が飛んでいるとしか思わないだろう。

老ブランケンハイムが倒れ城中の者がバタバタしていたから、庭道具はそのまま散らばっていた。チューリップの花籠も地面に転がって花たちもぐったりとしている。仙道は庭道具を片付け、まゆは花たちをバケツに挿した。

「私はあまりチューリップを見たことはないのですが、こうして見るとなかなか良いものですね」

仙道も、まゆと同じようなことを言った。

「俺たちも縁のない花だな」

月花も続ける。

「でも子どもは絵に描くんだよな。チューリップと蜜蜂。あれ、なんでなんだろうな？」

「えー、私はその取り合わせは描いたことないけど」

「都会の子どもは描くんだよ」

仙道は思わず小さく笑った。まゆと月花のたわいのないやり取りは、いつでも仙道の心を明るくする。

「お師匠、何かありましたか？」

「まゆ？」

「お師匠が考えごとしていると、わかります。私たちみんながいなくなった後、フリッツと何を話していたんですか？」

「蔵書のことですよ。おかげさまで方針が決まったので、作業は捗りそうです」

まゆが何か言い出す前に、仙道は言った。

「数日で作業を終えて、帰りましょう」

「俺も、それが良いと思う。ここに長居するのは良くない気がする。あ、先代伯爵や今の当主が悪いってことじゃないぞ」

「城自体の問題ということ？」

「ああ。まゆだって、感じているだろ」

「感じているけど、嫌な感じじゃない」

唇に手をあてて まゆは考え込んだ。

「なんだろう、悲しい。この城もチューリップも、悲しい過去を抱えているの。赤いチューリップと、炎が見える」

「……あなたに話していませんよね？」

仙道はシェーラからベルジュ城にまつわる悲劇を聞いていた。それをまゆに話すかどうかの判断は委ねられていて、子どもの耳に入れたい話ではないと結論づけたのだ。だが、まゆは既に何かを感じ取っている。

彼女が持つ能力は過去見と言って、蜂蜜を通して過去を知るものだ。けれど、老ブランケンハイムの言葉が真実ならば、蜂蜜は彼女が本来持つ能力を増幅させる触媒に過ぎないのかもしれない。

「教えてください、この城で何があったんですか？」

「レオンハルトは失踪したと言われていますが、真実は違うようです。父親の死によって若くしてベルジュ侯爵となった彼は妻を娶り、娘も生まれました。でも妻は別な男と恋に落ち、城を出て行ったのです。残されたのはレオンハルトと三歳になる娘エヴァンゼリン。妻の裏切りと慣れない子育てに疲れ果てたレオンハルトは、ある夜、城に火を放ちました。幼い娘はその火に巻かれて死んだと」

「そんな……」

「レオンハルトの遺体は見つからなかったので失踪扱いとなりましたが、やがて歳月が流れ、法律の上では死亡とされました。妻とは離婚が成立していたので他に係累はなく、財産は国の管理下に置かれました。国としては城を処分して金に替えたかったのでしょうが、何より火災によって人が亡くなった城です。醜聞《しゅうぶん》と、今よりずっと交通の便も良くなかったこともあり、なかなか良い条件での買い手がつかず月日は流れた。売買が成立しかけると、買い手に思わぬ不幸が襲うといったことも、数度あったそうです。そのあたりは、話が大きくなっているのでしょうけれど、いつか城は呪われていると言われるようになって、さらなる月日が過ぎました」

人々に忌避されていた古城を、老ブランケンハイムが買い取ったのが、およそ六十年ほど前だ。

「あの方は、実はレオンハルトの別れた妻の子孫なのだそうですよ。それで国に訴え出て、諸々《もろもろ》の手続きの末に、城を買い戻したというのが、本当のところのようです」

「駆け落ちした妻と新しい男の間にできた子どもってことか？」

「子どもの子どもの、そのまた子ども、くらい離れているでしょうが」

「そりゃ、ドロドロだな。呪いだの何だのって話が出てくるわけだ」

月花が呆れたように飛び回った。

「どうやったら、呪いが解けるのかな」

「まゆ、何を言い出すんですか？」

「城が崩落するとか、この庭園が枯れ果てるとか、フリッツやシェーラ様が体調を崩していることとか……それが全部、ベルジュ城の呪いなら、どうにかならないのかな」

「分《ぶん》をわきまえなさい、まゆ」

仙道の厳しい口調に、まゆが身をすくめた。

「カスミの蜂蜜の時とは事情が違います。あの時は私たちは彼に乞われて動いたのです。今回、城の方たちは介入を望んでいません。そもそも、この地に蜂蜜は根づいていません。利き蜜師に何ができるというのです」

「お師匠の言葉とは思えません」

思いもよらずまゆから反撃を受けて、仙道は言葉を飲み込んだ。

「シェーラ様の憂《うれ》いを払うことが、私の仕事だと思っています。できることを、やりたいんです」

いつも自信なげで、人の後ろに隠れているばかりだったまゆが、こんなにもはっきりと師匠に歯向かってくることに、仙道はいっそ感動していた。反抗期というならむしろ歓迎したい。

だが、まゆの身を危険にさらすような無茶を許すわけにはいかない。

「頭を冷やしなさい、まゆ。私たちは数日で立ち去る、単なる客人です。城の方たちの信頼を勝ち得ているとは言い難い状況で、彼らの人生に対して責任を持つことはできないでしょう」

まゆが唇を引き結ぶ。仙道の言葉は残酷だが事実だ。

腹を割って真実を語り、助けてくれと手を伸ばされれば、動くこともできる。その時は、及ばぬながら力を尽くすだろう。だがまだ、そんな段階ではないのだ。仙道とまゆを、城の呪いに巻き込まない。それが老ブランケンハイムとシェーラに共通した強い意思だ。

「わかりました」

しょんぼりと肩を落として去って行くまゆに心が痛む。

「まあ、微妙なとこだな」

まゆを追うでもなくその場に留まった月花がつぶやいた。

「先代と今の当主は俺たちを巻き込むまいと必死だが、あの執事はどうかな」

「彼が何か？」

「まゆを図書室におびき寄せたのは、あいつだろう。本人か、あいつが仕える主か知らないが。あんたがまゆを引きとめていなければ、どうなったことか」

「それはつまり、アルビノーニには我々を巻き込む気があると？　そのわりには、一刻も早く追い出したくて仕方ないって感じですが」

「あいつが考えているのは、俺たちを利用できるかってことだろう。最初は利用価値ありと思ったが、今は邪魔に思っているのかも。そもそも、あいつ、怪しすぎるだろう」

月花の意見には、仙道も全く同感だった。

五章　閉ざされた時の部屋

ティーワゴンを押して行くと、シェーラ付きメイドのメアリが部屋から出てくるところだった。まゆと目が合うと、難しい顔をして首を振る。

「ほとんど手をつけてくださらなかったわ」

メアリが押すワゴンには清潔な布がかけられていて、そこには手つかずの昼食が乗っているのだ。シェーラはこの頃では食堂でみなと食事を取ることがない。部屋に運ばせた軽食を、ほんのわずか口にするだけだ。それも食べたくて食べていると言うよりも、厨房の者に気を使ってのことなのだ。

まゆが調合する蜂蜜水は、かろうじて美味しいと飲んでくれるが、ひどく痩せてしまった。それで、まゆは食事の合間につまめるような菓子やデザート作りに精を出しているのだ。少しでもシェーラに食べて欲しい。その気持ちは城の皆も同じだったから、厨房を仕切る料理人も忙しくない時間帯にならばと、まゆが作業することを許してくれた。

「シェーラ様」

まゆが入って行くと、シェーラは机で書き物をしていた。寝台で寝込むほどに具合が悪いようには見えないが、顔色は青ざめて透き通るようだ。

「ああ、まゆ。もうそんな時間なの？」

シェーラは驚いたように羽根ペンを置いた。

「今、メアリが昼食を下げに来たばかりだから、まだ一時くらいかと思っていたわ」

実際はもう三時のお茶の時間だ。まゆはティーテーブルにお茶の支度をした。

「甘い香りがするわ。バナナ？」

鍋につぶしたバナナ二分の一本と牛乳を二分の一カップ、蜂蜜を大匙一つ加えて温めたものだ。仕上げにシナモンを少々、ラム酒をほんの一たらし。

少しでも栄養のある物を、という涙ぐましいまゆの努力を無駄にはできないと思ったのか、シェーラは大ぶりのカップに入った甘い飲み物を、ゆっくり口に運んだ。まゆは、さりげなくジンジャービスケットを並べた小皿をテーブルに置いた。こちらには、シェーラは手を伸ばしてくれなかった。

内心ではがっかりしたが表情には出さず、まゆも向かいの席でシェーラと同じバナナ味の蜂蜜ミルクを飲んだ。ふいに、シェーラが聞いた。

「手をどうしたの？」

まゆは慌ててカップを置いて右手を隠そうとした。だが意外な速さで伸びたシェーラの手に手首を掴まれた。右手の甲に一筋の赤い跡がある。厨房のオーブンで火傷してしまったのだ。すぐに冷やしたから跡は残らないと思うが、今はまだ赤くてピリピリする。

「厨房のオーブンね」

シェーラは一目で見抜いた。

「あれは癖があって、ジュリアでないと上手く扱えないと聞いているのに」

「私が無理に使わせてくれって頼んだんです」

「心配しなくても、ジュリアを責めるつもりはないわ。ただ、あなたはこんなことしてくれなくても良いのよ」

そっと火傷を撫ぜて、シェーラは悲しそうに笑った。

「子どもの頃ジンジャービスケットが好きだったと、ジュリアに聞いたの？　それで私の為に作ってくれたのね。これは、せっかくだから後で少しいただくわ。今は、お腹がすいていないのよ」

まゆは悲しくなった。老ブランケンハイムが倒れた日から、シェーラはずっとこんな調子だ。老人自身はもう寝台から離れて、一日のうちわずかな時間は庭にも出ていると言うのに、シェーラはどんどん元気をなくしていく。

「これ以上、あなたに無駄な時間を過ごさせるわけにはいかないわ」

ついには、シェーラはそんなことまで言い出すのだ。

「もう健康を取り戻すことはないと思うの、私もおじい様も。ベルジュ城やチューリップ庭園と同じように、私たちも終わりの時を迎えているのよ」

「シェーラ様、どうしてそんなことを言うんですか？」

「まゆが、あんまり一生懸命やってくれるから、騙《だま》すのが辛くなったの」

シェーラはまゆの目を見て、小さな子どもに言い聞かせるように優しい口ぶりで続けた。

「これは、一族にかけられた呪いなのよ」

妻の裏切りにあい、城に火を放ったレオンハルト。焼け死んだ幼い娘と彼の魂は今もこの城を彷徨《さまよ》っている。憎悪の対象となった妻の血に連なる老ブランケンハイムとシェーラを、城は許しはしない。シェーラはそう言うのだ。

でもシェーラは、今この城で何が起こっているのかを教えてはくれない。まゆや仙道を巻き込まぬよう、つつがなく蔵書の整理を終えた二人を無事に城から送り出すこと。小鳥ほどにしか食べないようになってからも、シェーラが凛《りん》と立っているのは、その覚悟が力となっているからだ。

まゆは唇を噛んだ。自分には、見届けることしかできないのか？　見届けることすら許されないかもしれない。

その時、微かに響いてきたピアノの音に、シェーラがはっと顔をあげた。二枚の扉を隔てて調べは明瞭ではないが、図書室に置かれたグランドピアノの音だ。

「彼が弾いているんですね」

まゆは聞いた。仙道がピアノを弾くとは聞いたことがない。老ブランケンハイムの姿はチューリップ庭園にある。あの部屋に自由に出入りすることができる人間は他にもいるが、まゆは断言した。

「図書室の住人……レオンハルト」

シェーラが息を飲む。今ここしかないと、まゆは切り込んだ。

「見たんです、シェーラ様の姿をした人物を。図書室で、あの夜に」

それが、いつの夜を示しているか、シェーラはわかる筈だ。

沈黙の中に、ピアノの音だけが響いた。これは、レオンハルトの声だ。自分はここにいる。亡き者として、これ以上、存在を隠すことはできないと。

「ああ……」

シェーラは顔を覆った。細い肩が震える。

「どうか、話してください」

シェーラが心を決めるまで、長い時間がたった。まゆは待ち続けた。シェーラが心を開いて自ら話し始めてくれるまで。

ふっと、シェーラが吐息とも笑みともつかないものを漏らした。

「おじい様が書いた本を、まゆも読んだわね？」

「はい」

魔女の呪いで獣に姿を変えられた王子が、愛の力で解放されるのだ。

「ベルジュ城を舞台に書かれた物語よ。あの物語は半分、真実だということ。物語では獣に変えられた王子は、現実では肖像画に閉じ込められたの」

「図書室にあるレオンハルトの肖像画ですね」

「そうよ。二百年前失踪した彼は本当はずっとこの城にいたの。魔女の呪いを受けて」

シェーラは立ち上がると部屋の片隅にあるキャビネットのガラス戸を開いた。中から大切そうに取り出した物は一冊の本だ。まゆが仙道から渡された物と同じ老ブランケンハイムの書いた本。

「レオンハルトが城に火をつけた時、炎を消し止めたのは、魔女フレイヤだったわ。彼女は主であるシーリーンが亡くなった後もこの城でレオンハルトに仕えていたの。でもレオンハルトの幼い娘を救うことはできず、彼の心を救うこともできなかった。目覚めたレオンハルトは、自分が生きていることを憎み、彼をこの世に送り出した両親を恨み、運命を呪った。だからフレイヤは、レオンハルトの時を止めたの」

「呪いではなくて……フレイヤは、救いたかったんですね？」

青年の愚かさに対する罰であると同時に、傷つき、荒《すさ》み果てた彼の心を救うため、フレイヤはレオンハルトの時を止めたのだ。

「それは、私にはわからないけれど。確かにフレイヤはレオンハルトが救われる道を示したわ。彼が再び誰かを愛し、その者の愛を勝ち得た時、呪いは解けると」

「フレイヤは、どうなったんですか？」

「彼女は城を炎から救い、レオンハルトの時を止めたことで力の大半を使ってしまった。魔女であったのに、それ以後は力を失い人と同じほどの寿命しか持たず、数年で亡くなったと、城の記録に残っているわ」

「それから二百年も？」

「ええ。実際には、およそ六十年前におじい様が買い取るまで、この城は近づく者もいない荒れ果てた場所だったから、レオンハルトも眠り続けるしかなかったと思うわ。変化が訪れたのが、六十年前。城は目覚め、レオンハルトも長き眠りから目覚めた。フレイヤの孫息子が彼を支え、呪いを解くために尽力した」

「フレイヤの孫息子？　それって、もしかして」

老ブランケンハイムより古くからこの城を知るという執事だ。彼は老ブランケンハイムよりずっと年上の筈なのに、四十代からせいぜい五十代にしか見えない。仙道のことがあって、見かけと本当の年齢がかけ離れていることを不思議に思わなくなっていたのだ。

「そう。アルビノーニは魔女フレイヤの孫なの。フレイヤの結婚した相手は人の男で、生まれた息子も人の子と結婚したから魔女の血はほとんど薄れて、彼が持つ力は本当にわずかなもの。そう聞いているわ」

それでもアルビノーニは何らかの魔力を持っていて、そのことに仙道は気づいていたのだ。だから、月花の正体を隠した。まゆの護衛が第一だが、事態が急変した時に備えて、アルビノーニの知らない味方が自由に動けるようにと。

「アルビノーニは、この城に多くの娘たちを雇い入れて、レオンハルトに引き合わせた。でも、呪いは解けなかったの。アルビノーニは娘たちの記憶を少しだけ改竄して、村に戻した。娘たちはレオンハルトとの出会いを忘れ、ただ気難しい女城主に気に入られず解雇されたと思い込む」

それでベルジュ城の女当主は気位が高くとっつきにくい人柄だと評判が広まってしまっ

たのだ。

シェーラはそっと、老ブランケンハイムの本を閉じた。

「おじいさまの本は幸福な結末を迎えるけれど、現実はそうじゃない。レオンハルトの呪いは解けず、フレイヤの残した魔力も尽きるわ。あの日、彼女が消し止めた筈の炎が蘇り、この城を燃やし尽くすでしょう」

「あの日、図書室で私が見たのは？　レオンハルトはシェーラ様の姿をしていたんです」

「レオンハルトは、彼が選んだ娘と触れ合うために肖像画を抜け出すことが許されているけれど、彼自身の姿で現れることはできないの。野獣ではなくて、自分が選んだ相手の姿を映してしまうの」

「レオンハルトはシェーラ様を選んだんですね？」

「それは、どうかしら？」

シェーラは首を傾げた。

「あの夜は、手違いがあったのよ。レオンハルトが私を選ぶことは有りえない。彼が呼びかけたのは、あなたよ」

「私？」

「とんでもないことよね。あなたの師匠が気づいていなかったら、どんなことになっていたか。私はただ、レオンハルトがあなたを呼ぶ声に影響されて、意識のないまま図書室に行った。その結果が、あの夜の喜劇よ」

シェーラは薄く笑った。彼女には似つかわしくない、冷笑といった類の笑いだ。

「最後の賭けに、アルビノーニもレオンハルトもずいぶんと馬鹿なことをしたものだわ。私がレオンハルトを救う運命の娘になる筈がないのに。私は彼の憎む女に繋《つな》がる者。レオンハルトが私を許せる筈がない。だから、全ての望みは絶たれたと言ったのよ」

まゆは部屋に戻ると、しゅるりとリボンを解いた。金色のブローチにしか見えない月花に、そっと触れて名を呼ぶ。

「月花。月花、起きて」

金のマスターである仙道の呼びかけでなくとも答えてくれるだろうか？　息を飲みながら見守っていると、ふるりと金色の羽が震えた。ブンと勢い良く飛び上がった月花が聞いた。

「なあ、どう思う？」

「シェーラ様の話？　本当のことだと思うけど」

「そうじゃなくて、呪いってそんなに解けないもんかと思って。何も十年、二十年変わらない愛というわけじゃないだろう。男女が出会って、ほんのひと時盛り上がればいいんだ。女は、悲劇を背負った奴にコロッといきそうだけど」

「レオンハルトが自分の姿でいられないのが、難しいのかも」

「獣に変えられるよりましだろう」

「それは違うよ」

まゆは首を振った。醜い姿に隠された美しさを見抜くことは難しくない。難しいのは美しき者を前にした時、上辺の美しさの下に眠る魂の真実を見抜くことだ。

「レオンハルトに会ってみたいな。今なら、会えると思うんだ」

ピアノの音は、もう逃げ隠れはしないという彼からの伝言だ。シェーラがまゆに真実を語ったことも、レオンハルトは知るだろう。

「俺は止めないけど、仙道は反対するだろうな」

「そこは月花に協力して欲しいの。ちょっとだけ、お師匠の気をそらしてくれるとか」

「お前、守り蜂に金のマスターを裏切らせるつもりか？　恐ろしいことを言い出す子どもだな」

「お師匠が反対するのは、私を心配してのことだけど、レオンハルトに会っても危険なことはないと思うもの。私、レオンハルトは城を救いたいんだって信じてる」

「そうかもな。わかった、お前の行動に乗ってやるよ」

月花は相変わらず、主人である金のマスターに絶対服従ではないようだ。

「ありがとう。月花には、もう一つ頼みたいことがあって」

「おいおい」

「お師匠には、擬態して私に張りついていることにして、ちょっと城の中で探し物をして欲しいの」

「蜂蜜だな」

「さすが、月花」

まゆは思わず手を打ち鳴らした。城に来てずっと不思議だったのは、代々伝わる蜂蜜の壺が存在しないことだった。どんな家庭でも親から子へ引き継がれる蜂蜜のレシピ帳と共に壺に入った蜂蜜がある筈だ。一族の歴史とも言えるそれが、由緒ある貴族の家に伝わらない筈がない。

「アルビノーニは、城が燃えた時に消失したと言うけれど、それなら少なくともそれより新しい物はある筈じゃない？」

一族に伝わる蜂蜜は、家に起こる過去を全て知っている。過去見の力を持つまゆにとっては何より信頼できる語り手だ。

「蜂蜜がないなんて信じられない。隠されているんだと思う」

「でも、あの執事が蜂蜜の味がまるでわからなくて、興味もないのは本当だぞ」

だから城に代々の蜂蜜がないことも考えられる。

「もしそうなら、わざとだと思う。城をチューリップで埋め尽くしたのだって、シーリーンの為じゃなくて、ただ蜂蜜の取れない花を選んだのかもしれない」

「何の為に？」

「過去を隠すため」

まゆは、きっぱりと言った。二百年前に起きたベルジュ城の悲劇が、全ての発端《ほったん》だ。だが、それが真実であると誰に証明できるのか？　当時を生きたのはレオンハルトだけで、他の者はみな、伝聞でしか何が起きたのか知らないのだ。

「レオンハルトには会って確かめるけれど、本人だからって本当のことを知っているとは限らないでしょう？」

「城に火をつけて死のうとした男が、冷静な判断力や記憶力を持っているとも思えないしな」

「だから、全てを見ていた筈の蜂蜜が欲しいの」

真実を明らかにして、古の呪いからこの城を、皆を解き放ちたい。

「蜂蜜が見つかったとして、そこに見える過去が望むものと違うこともありえるぞ」

月花が念を押すのに、まゆはうなずいた。

「それでも、真実が知りたい。今はみんなバラバラな情報を持っていて、視線が定まっていないもの。それが悲しくて、残酷なものであっても、私はここで起こった本当のことを知りたい」


まゆは息を潜めるようにして、図書室に滑り込んだ。仙道が作業をしている部屋とは、広い図書室の端と端くらいに離れているし、今は月花が注意をそらせてくれている筈だが、油断は大敵だ。

できれば仙道がまゆの気配を掴めない場所で会いたかったのだが、レオンハルトは図書室を出ることができないのだ。

まゆはレオンハルトの肖像画の前に立った。静かに呼びかける。

「レオンハルト」

答はない。まゆは肖像画に近づき、離れ、色々な角度と高さから、その姿を見た。

「まゆ」

軽い足音がして、姿を見せたのはシェーラだった。彼女に良く似合う深緑のドレスを纏っている。アルビノーニの装いもそうだが、ベルジュ城では誰もが半世紀も前の住人のような古風な装いをしているのだ。城の一部を一般公開しているから、観光客が古城に抱くイメージを損ねないようにということだった。

「こんな所で何をしているの？　お茶をいただきましょう」

まゆは、じっと相手を見つめた。

「どうかして？」

小さく首を傾げてみせる美しい人に、まゆは微笑んだ。

「あなたを待っていたんです、レオンハルト」

「まゆ？」

「姿は同じでも、お二人はまるで違います。あなたはシェーラ様じゃない」

まゆがきっぱりと言うと、その人は艶やかに笑った。

「これは、驚いた。アルビノーニでさえシェーラと私を取り違えたというのに」

高さも響きも、声はシェーラのものだ。だが口調をガラリと変えて、レオンハルトは続けた。

「こんなにもあっさり見破られるとは、どうしてわかったのです？」

「どうしてってて……」

まゆはむしろ当惑した。レオンハルトは唇に手を当てた。

「フレイヤの魔力は、完璧にシェーラの姿を写し取った筈です。姿形だけでなく仕草や癖も」

「でも、気持ちまでは写し取れないでしょう」

「それは……」

「シェーラ様は私を見る時、もっと優しい目をします。姉妹がいないから良くわからないけれど、お姉さんが妹を見る時って、そんな風かなって思います」

レオンハルトは目を伏せた。

「すみません、まゆ。あなたを試すつもりはなかったんです。ただ……不安だったので」

「不安？」

レオンハルトは静かに長椅子を示した。シーリーンの為に図書室に運び込まれた物だ。まゆが座ると、レオンハルトも優雅な仕草でドレスの裾をさばいて隣に座った。

「果たして本当に、私というものが存在しているのかどうか。肉体がなくても、私は本当に生きていると言えるのか……」

レオンハルトは、自身の肖像画に目をやった。

「あの絵を離れる時、私は誰かの姿を借りてしか存在することができません。私は二百年も前の人間、本来ならとうに寿命が尽きて死んでいる筈です。呪われた、生きているともわからない命……自分が何者なのかも、わからなくなって来ます」

二百年の長きに渡って、自身の肉体を失った青年の表情は暗かった。

「あなたは、レオンハルト・フォン・ゲンスフライシュでしょう？」

まゆは、当たり前のことを口にした。

「本当に、そうでしょうか？」

「私が、マユラ・アーベラインであるように。もしも、生涯、絵の中で生きることになっても、あなたがレオンハルトだということは変わらないし、人の目に見えないから、肉体を持たないから、それで、存在が消えるわけじゃない」

「マユラと言うのですか？　本当の名前は」

まゆはうなずいた。

「でもみんな、まゆと呼びます」

それは単なる愛称ではなくて、それ以上の意味を持つ名だった。

いつだったか、仙道が教えてくれたことがある。彼が生まれたのは遠い東の国で、今はもうその国は滅び、言葉も文字も失われた。幼い頃に故郷を離れた仙道も、幾つかの単語を覚えているきりだと言う。

「まゆは、蛹《さなぎ》を守る物なんですよ」

「蛹って、蝶になる前の？」

「ええ。蝶だけではないけれど、子どもの時と大人の時で姿が大きく異なる生き物は、全てを分解して、再構成します。体内では大きな変化が起きているけれど蛹は動くこともできない。天敵や外界の変化から蛹を守る物がまゆです」

「良くわからないけど、まゆは大切な物を守っているんですね」

そうですよ。仙道は微笑んでまゆの髪を撫ぜてくれた。

「マユラっていうのは、それも遠い国の言葉で孔雀のことなんです。両親が、美しくて華やかな娘になって欲しくてつけたみたい。でも私はぜんぜん、そんな風ではないし」

せっかく名づけてくれた両親に申し訳ないとは思うけれど、マユラという名前はあまり好きではなかった。だから、仙道が新しい呼び方をしてくれて、とても嬉しかった。

レオンハルトは、微笑んだ。

「では、私のことはレオンと呼んでください」

「レオン？」

「ああ、そんな風に私を呼ぶ声は、ひどく懐かしい」

レオンハルトは、目を閉じた。この図書室で心を壊してしまった母親だけが、彼をレオンと呼んだのだろう。

深く傷ついた、孤独なこの人が城に火を放ち幼い娘を死に至らしめたことが、まゆはどうしても信じられなかった。

「レオンは、二百年前のことを覚えている？」

まゆの問いかけに、ドレスに包まれた華奢な肩がびくりと揺れる。やがて苦しい声で、彼は答えた。

「断片的にしか、思い出すことはできません。炎と、エヴァンゼリンが助けを求める悲鳴だけが鮮やかで……他には何も」

まゆはとっさに、震えるレオンハルトの手を取った。氷のように冷たい手だ。恐らく彼の体に血は流れていないのだ。呪われた命、生も死も選ぶことを許されない。

まゆは、ぎゅっとレオンハルトの手を握ってから、立ち上がった。

「また、会いに来ても良い？」

「もちろんです、まゆ。私の存在はメイドたちも知りません。私を知るごくわずかな者のうち、アルビノーニは昼の間は忙しく私の相手をしてはくれないのです。フリードリッヒは無理の利かない体だし、私は退屈しているのですよ。ここにある興味ある本はあらかた読んでしまったし」

「シェーラ様は？」

「シェーラは……」

レオンハルトは言葉を切った。

「私たちはあまり会わない方が良いのです」

「でも……」

レオンハルトの呼びかけに応えたのはシェーラだ。シェーラはそれを「手違い」と言ったけれど、まゆにはそんな風には思えなかった。レオンハルトが本当に呼びたかったのはシェーラの名前で、だから彼女の耳にもあの夜、声は届いたのだ。

まゆではなく、シェーラこそがレオンハルトを呪いから解き放つ可能性を秘めた相手だ。

「さあ、行きなさい」

レオンハルトは静かにまゆの背を押した。

「私はそろそろ戻らなければならない」

肖像画の中へだ。長時間、人の姿を保ち続けることは難しいようだった。

「あ、待って！」

「なんです？」

「フリッツが書いた本を読んだことがある？」

「フリードリッヒが書いた本？」

レオンハルトは首を振った。

「あの人が作家であったことは聞いたけれど、この城に暮らすようになってからは何も書いていなかったし、以前に書いたものは私が読んでもつまらないだろうと言って読ませてくれなかったのです」

老ブランケンハイムが流行作家時代に書いた本は、暴力に満ちた犯罪小説や、派手な舞台設定の未来小説だったと聞くから、二百年前の人であるレオンハルトが読んでも、確かに意味不明で少しも楽しめないだろう。

でも『図書室の魔女』は？　美しく、優しいあの物語はレオンハルトの心を慰めるに違いない。まゆは、そのことを信じて疑わなかった。

「また来るね。今度は素敵な本を持って来ます」

「楽しみにしていますよ」

微笑むレオンハルトに手を振って、まゆは図書室を後にした。


「結論から言うとだな」

月花はずいぶんと疲れた様子だった。守り蜂がまゆの部屋に戻ってきたのは、すっかり夜も更けてからだ。

「それらしき、蜂蜜は見つからなかった」

午後の間ずっと月花は城に伝わる蜂蜜を探して飛び回っていたのだ。このあたりには、ほとんど蜜蜂がいないから、城内はもちろん、庭でさえも人に見つからないようにしなければならない。ひっそりと静まり返った空間に蜂の羽音は意外なほど響くから、人の気配を探りながらの隠密行動だ。

「おつかれさま」

まゆは残り少なかった蜂蜜の小壜の中味を小さな皿にあけてやった。

「明日もお願いね」

「城の中は、けっこう調べたんだけどな。貯蔵庫も厨房も居間も食堂も。執事の隙をついて執務室も調べたし、可能性の低いリネン室や浴室も見た」

ただ月花には扉を開けることはできないから、城に数多くある人の出入りのない部屋を調べることはできない。

「それは、私が調べるから」

まゆはシェーラから城のどこでも好きに見て良いと許可を貰っていた。シェーラはそれを、わざわざアルビノーニの目の前で宣言してくれたから、まゆがあちこちをウロチョロしていても、誰にも咎められることはないだろう。

「じゃあ、もう寝よう」

まゆは髪をほどいてブラシをあてた。ドレスを脱いで夜着に着替えると、忘れないうちにと、トランクから老ブランケンハイムの本を取り出してテーブルに置いた。

「これから読書か？」

月花が目ざとくそれを見つけた。

「違うの。レオンに読ませてあげようと思って」

「それは……止めておいた方がいい」

「え？」

ランプの灯りを吹き消していたまゆは一瞬、月花の声を聞きそびれた。

ふっと闇に包まれた部屋の中で、金色の守り蜂は、夜汽車の中でそうしてくれたように、淡くその身を発光させた。まゆが寝台に潜り込むまで小さな灯りで導いて、それから月花は闇に溶けるように羽を休めた。


まゆが差し出した本を、レオンハルトはいぶかしげに受け取った。

「『図書室の魔女』、何ですか？　これ」

「フリッツが書いた童話よ」

「ああ、聞いたことはあります。図書室に住む魔女の物語を書いていると言っていましたから。フレイヤが主人公ですか？」

「これはたぶん、レオンの物語」

「私？」

レオンハルトは瞳を上げた。

「魔女に呪いをかけられた王子様の物語。とても短いし、挿絵もきれいだから読んでみて」

レオンハルトはパラパラと小さな本をめくった。読んでいるとは思えないほどのスピードで最後までページをくった彼は、パタリと本を閉じた。

「子ども騙しの、他愛ない話ですね」

低い声でレオンハルトは言った。声に苛立ちが隠されているが、まゆは何も気づかぬようなそぶりで続けた。

「これはきっと、フリッツの希望だったのね。祈りと言ってもいいけれど……フリッツは信じていた。みんなが幸せになれること」

「そんなものは嘘っぱちだ！」

ふいに荒々しく叫ぶなり、レオンハルトは手の中の本を睨みつけた。

「綺麗ごとだ、こんなもの！」

「レオン？　何を……」

まゆが止める間もなかった。青年はあっという間に、手にした本を引き裂いていた。ハードカバーではない、柔らかな本は簡単にバラバラになった。

「何するの！　やめて！」

レオンハルトの顔は真っ青だった。食いしばられた唇からは呪いの言葉が切れ切れにこぼれる。彼が一冊の本を全て紙片に変えてしまうまで、まゆはその場に立ち尽くしていた。

激しい感情を前にしても、自分の言葉や、老ブランケンハイムの本の何が、そこまでレオンハルトを荒ぶらせたのか、彼女は分からなかったのだ。

ただ、うろたえるばかりだった。けれど、自分たちの足もとに広がる惨《みじ》めな本の残骸を見るうちに、まゆの胸にはむしろ怒りがこみ上げてきた。彼女は鋭く言った。

「なんてひどいことするの？　お師匠が貸してくれた本なのよ」

「あなたにはわからない。この本がどれほど私を傷つけるか」

レオンハルトは、奇妙に静かな声で言った。

「私には、この本の王子のように呪いが解ける夢など抱けない。この花の季節が終われば、私を待つのは永遠です。絵の中に閉じこめられたまま、孤独で……永遠の時を過ごすのです。お伽噺に浮かれているような、あなたにはわからない。誰一人として私を見ようとはしなかった、この二百年の苦しみなど。誰からも愛されない悲しみなど」

「それは、レオンが、そういう風に思い込んでいるからじゃないの？」

まゆは言い返した。まさか彼女が言い返すとは思っていなかったのだろう。レオンハルトが目を見張る。

「ベルジュ侯爵のせいでお母様が亡くなったと思ってる。お母様に閉じ込められて育ったから人と上手に付き合えないと思ってる。だから奥様とも上手くいかなかったと思っているのでしょう？　その奥様が裏切って出て行って……だから城に火をつけたの？　彼女のせいで、娘さんを亡くして魔女の呪いを受けることになったの？」

それが真実かどうかすら、レオンハルトは知ろうとしない。ただ、人を恨み、運命を呪い、自身を責めるばかりだ。二百年間、立ちすくんだままなのだ。

「なんで、助けてくれって言わないの？　百回言っても無駄だったから？　自分から諦めているだけじゃないの？」

まゆは激しい動作で青年に背を向けた。

「まゆ」

わずかに、気弱そうな響きが胸を刺すが、振り返ることなくまゆは言った。

「物に当たるなんて最低よ！　そんなだから、誰もが、あなたから逃げ出すんじゃない！」

気持ちを鎮められぬままにベルジュ城の中を歩き回っていたまゆは、偶然に足を踏み入れた居間で、老ブランケンハイムと行きあった。老人は、窓辺に置かれた白く背の高い花瓶に飾られた花と格闘していた。

「起きていていいんですか？　それにお一人で」

まゆは驚いて聞いた。このところ、彼が寝台を離れる時はいつでもアルビノーニか仙道が付き添っていた。城に他の男手はなかったのだ。万一にでも再び倒れるようなことがあった時、まゆやシェーラでは老人を支えることができない。

老ブランケンハイムは、朗らかに笑った。

「しじゅうアルビノーニがいては息がつまる。それに、みな過保護だからな。少し動かないと体がなまる」

「でも……」

「まゆこそ、何か悩みごとをかかえているようだね」

老ブランケンハイムの鋭い言葉にギクリとしたが、まゆはそれを隠して、花瓶の花に目をやった。

「綺麗な花。蘭の一種ですか？」

赤紫と銀色の入り交じったような花びらが奔放に広がっている花だった。

一生懸命に話題を変えようとするまゆに、老ブランケンハイムは付き合ってくれた。

「これは、チューリップだぞ」

「チューリップ？　本当に、色々な種類があるんですね。こんなの初めて見る」

まゆが言うと、老ブランケンハイムはにやりと笑った。

「これは、アルマンド。君の部屋にも同じ種類が飾ってあったと思うが」

「あれと同じ花？」

「開きすぎて、違う花に見えるがね。普通だと、もうとうに、花は終わりなのだよ」

確かに良く見ると、花びらの端の方など枯れかけている。

「だが私はこの感じも好きなんだ。なんと言うか、生きている感じがするだろう？」

「そうですね」

観光客を第一に考えていた時、チューリップ庭園の花たちはみな、一番美しく見えるよう計算されていた。満開を過ぎればドンドン切り取られ焼却されていったのだ。今では盛りの過ぎた花たちもそのまま咲くに任せてあって、庭園はこれまでにない表情を見せている。

「図書室に花を飾らないのは、そのせいだよ」

「え？」

「あの部屋では花が枯れることはない。時が止まっているからだ」

まゆは思い出した。城のあちらこちらにチューリップが飾られる中で、図書室だけは違うのだ。

「変わらない花を見て、レオンハルトが嫌がるんだよ。生きているものの姿ではない、と。だから図書室に花を飾るのは止めた」

一呼吸をおいて、老ブランケンハイムは聞いた。

「喧嘩でもしたのかね？　彼と」

その眼差しの優しさが、まゆの口を開かせていた。まだ幾らかの興奮にとらわれながら、まゆは一息に図書室での出来事を、語って聞かせた。

老ブランケンハイムは軽く吐息をついたようだった。

「彼は時おり気持ちを抑えきれなくなるんだな」

老人の口調は、呆れていたり怒っているというより、レオンハルトを気づかうものだった。

自分の作品が彼に傷を与えたことに、微かに瞳を曇らせてさえいる。

「あんなこと言うなんて。それに、本を破り捨てるなんて、ひどいと思う」

「彼は孤独で、疲れている」

老ブランケンハイムは静かに言った。まゆに思い出させるかのように、優しい声で。

「解けぬ呪いに恐怖を感じている。荒れる心を、誰よりも持て余して、苦しんでいるのは、レオンハルトなんだよ」

まゆは首を振った。

「言い訳には、なりません」

けれどその声に力がないことが、自分でもわかっていた。

「だって、素敵な物語だったのに。みんなが幸せになれるのは、確かに夢かもしれないけれど……でも、みんなが信じたいことじゃない。あの本は、信じさせてくれたもの」

暖かな手が肩に触れて、まゆは顔を上げた。

「ありがとう」

老人の瞳に微かに光るものがあった。老ブランケンハイムが、そっとまゆの手を取った。まゆより少しだけ大きい程度の手だったけれど、とても暖かな手だった。ぬくもりを、まゆに渡そうというように、老ブランケンハイムはまゆの右手を両手で包み込んだ。老人が少し身をかがめると、二人の視線の高さがあった。

「人間の闇を描く文学もある。その方が力を持ち、時代に求められているのかもしれない。

実際、私が書いた中で最も売れた本は、そういう類の本だった。でも私は、本当は美しい物語が書きたかった。お伽噺と言われようと、人生の辛い時そっと開けば支えとなる本を書きたかったんだよ」

それがたとえ、伝わらぬままに終わったとしても。

「フリッツ」

「本が壊れてしまったのは悲しいことだ。でもレオンハルトを許してやって欲しい。君は優しい子どもだ。彼を傷つけて、自分もまた傷つくようなことをしてはいけない」

老ブランケンハイムの声は、まゆの胸に静かに響いた。気がつけば、ぽろりと涙がこぼれた。叱られたというよりも諭されて泣くなんて、小さな子どもみたいだ。恥ずかしくなってうつむくと、まゆの気持ちを引き立てようとしてか、老ブランケンハイムが明るく言った。

「そうだ。君に預かってもらいたい物があった」

「私に?」

「ああ、部屋に置いてある」

まゆは老ブランケンハイムと一緒に彼の部屋に向かった。老人の足どりは力強いとは言いがたく、まゆの胸は痛んだ。長い距離ではなかったのに部屋に着いた時には老ブランケンハイムは息を弾ませていて、話を続けるためには肘掛け椅子に腰を下ろし呼吸を整えねばならなかった。

「これを君に託したい」

手渡された物は手ずれした革の手帳だった。まゆの掌ほどの大きさだがかなりの厚みがある。そっと開いてみると青いインクでびっしりと細かな文字が綴られている。

「これって……」

「まあ、チューリップに関する覚書だな。私が何も知らずに多くの失敗をして、試行錯誤を繰り返した証《あかし》のようなものだ」

「大切な物ですよね？」

何十年に渡る記録は城の歴史の一部であり、まゆのような子どもが持っていて良い物ではない。返そうとすると、老ブランケンハイムは首を振った。

「城と共に失われても構わない。ずっと、そう思っていた。だが今は……誰かに託したい」

「フリッツ」

「君がこれを持つに相応しいと思う相手に渡してくれれば良い。君がずっと持っていてくれても、むろん構わない。面倒な老人の頼みを聞いてくれるかね？」

まゆは革の手帳を抱きしめた。老ブランケンハイムの目を見て、はっきりと答える。

「お預かりします」

老ブランケンハイムは満足そうにうなずいて、まゆの髪を静かに撫ぜた。

六章　月のワルツ

鮮やかな夕焼けは、あの火の炎を思い出させる。グランドピアノの前に座ったレオンハルトは鈍く痛む頭を押さえた。自らが放った炎で包まれていく城。幼い娘が助けを求めているのに、この身は動かない。

あの日、レオンハルトは、小さな、守るべき命を奪った。そして今日も、まゆを傷つけた。あの娘は泣いてはいなかったし、レオンハルトを恐れたり怯えると言うよりも、怒っていたようだが、傷つけたことに変わりはない。

レオンハルトも傷ついたが、それはまゆの言葉が真実を射貫いたからだ。自分は人と上手く付き合うことができない。それはシーリーンのせいだと、ずっと思ってきた。遠い昔に死んでしまった人のせいにして、変わろうとはしなかった。

二百年の時の流れの中で、愛しいと思う娘はいた。レオンハルトに想いを寄せてくれる娘もいた。けれど呪いは解けなかった。レオンハルトが信じ切れなかったからだ。相手の娘をではなく、自分自身を、そして全ての人というものを。

孤独は辛い。誰かを愛したい。そう思いながらも、愛することを恐れているのだ。

ふいに、図書室の扉が開く音を耳にして、レオンハルトは顔をあげた。

「……誰だ？」

彼は一人になりたかった。だから、いつにもまして念入りに図書室の扉を閉めたのだ。内に籠る者の意思を正確に守る図書室の結界。魔を操るアルビノーニならともかく、ただの人間に打ち壊せるものではない。

近づいてくるやわらかな足音は、明らかにアルビノーニのものではない。

「シェーラ」

そうだ。幼い頃から、彼女はいつでも図書室の扉を開けた。

まだ歩き始めたばかりの頃は亡くした娘エヴァンゼリンを思い出させるその姿がただ厭《いと》わしく、レオンハルトは固く図書室の扉を閉ざして内に籠った。それなのにドアノブに手が届くほどに成長したシェーラは、無邪気に図書室に入り込んできた。

老ブランケンハイムもアルビノーニも何も教えないままに、彼女はレオンハルトの肖像画に隠された秘密に気づいた。利き蜜師の弟子もそうだったが、幼い娘には時おり、そうした鋭さを持つ者がいる。

シェーラがエヴァンゼリンの年を越え健やかに成長して行くにつれ、レオンハルトの心は凪《な》いだ。ひと時この城を訪れ去って行く娘たちと違い、シェーラはずっと城にいて、少女から若い貴婦人となった。レオンハルトはずっと、その姿を見守ってきたのだ。

大人になったシェーラは、レオンハルトの心が閉ざされていることに気づくと、図書室の扉を開くことができても足を踏み入れることがなくなった。彼女はどんな時でも不思議と扉を開くことができるので、レオンハルトが訪問を拒むことをどうして知るのか、かつて聞いたことがある。シェーラは少しだけ考えてから答えた。

「そうね、どうしてかしら？　空気が少しだけ違うような気がするの。こっちに来るなって、あなたの声が聞こえる気がして」

そんなシェーラが今日は、まっすぐに近づいて来る。まゆから事の顚末《てんまつ》を聞いてレオンハルトを詰《なじ》りに来たのかと思ったが、足どりはやわらかだった。表情もレオンハルトを責めるようではなくて、ただ悲しそうだった。

「仕方のない人ね」

シェーラは静かに身をかがめると、レオンハルトの足もとに散らばったままの本の残骸に手を伸ばした。

「あんな良い子を泣かせて」

「……泣いていたのですか？」

シェーラは答えずに、バラバラになった紙片を全て拾い集めると、取り出した大判のハンカチに丁寧に包み込んだ。

「おじい様が慰めていたけれど」

「彼女には謝罪します。あんな風に言うつもりはなかったんです」

ふわりと、レオンハルトの肩にシェーラの手が添えられた。

「ええ、わかっているわ」

「フリードリッヒの本に、こんなことをするつもりもなかった」

「わかっている」

「でも私は……繰り返してしまうのです。この手で、傷つけてしまう」

だから、シェーラの手を取ってはならない。ベルジュ城の運命に彼女を巻き込んではならない。

美しく成長したシェーラに対して、レオンハルトは自分の心を戒めた。けっして彼女を呪いを解くための道具にしてはならない。レオンハルトの固い意志に、アルビノーニも反対はしなかった。ベルジュ城が滅びるというギリギリの時になっても彼がシェーラに呼びかけなかったのは、そのためだ。

明らかに幼いまゆを利用しようとした。結果として、まゆでなくシェーラが応えてしまったけれど。

シェーラに恋をしてはならない。彼女だけは巻き込むことなく、幸福に生きて欲しいのだ。

「そんな風に苦しまないで」

それなのに、シェーラを突き放すことができない。レオンハルトの震える手が、シェーラの白い手に重ねられた。座ったままふり仰げば、緑の瞳が静かな想いをたたえてレオンハルトを見ていた。

「シェーラ……」

けれどその時、慌《あわただ》しい足音が二人の動きを止めた。日ごろ、みだりに城内を走るなと命じているアルビノーニの足音だ。

「御主人様！　どちらにいらっしゃいますか？」

「ここよ、アルビノーニ」

「老伯のご容態が！」

「おじい様が？」

シェーラの手が、レオンハルトの手からすり抜けて行く。決して触れることのできない、美しい夢のように。

老ブランケンハイムは、安らかに旅だった。夜明けの清らかな光が差し込む部屋で、利き蜜師である仙道が最後の蜂蜜水を、既に色を失った唇にわずかにたらす。彼が背後に退くと、老ブランケンハイムは、まなざしでシェーラを枕元に呼び寄せた。

孫娘に手をとられた老人は、その場にいる多くはない人たちの顔を順番に見つめた。何も語ることはなかったが、ただシェーラに優しく微笑みかけて目を閉じたのだ。波が引くように穏やかに、老人の命の潮は引いていった。

シェーラは祖父の手をそっと撫ぜてから寝台に戻した。

「仙道様」

「はい」

まゆとともに皆の後ろに控えていた仙道が進み出ると、シェーラは静かに言った。

「利き蜜師として、葬儀を取り仕切っていただけますか？」

仙道はすぐには答えなかった。小さな村の場合、利き蜜師は生まれた子どもの名付け親にはじまり、成人の祝い、結婚式など、生活のそれぞれの節目で大切な役目を果たす。葬儀もそうだ。亡くなった者を相応しく葬り、残された者たちの心を癒す。

だがブランケンハイム伯爵家ほどの貴族となれば、よそ者の利き蜜師が全てを仕切ることに良い顔をしない親類縁者もいるだろう。

「おじい様は私に家督《かとく》を譲った時に、おっしゃったの。これからは、ただの老人として生きたい。死んだ時は一族の者には知らせずに、私と城の者、数人の親しい友だけで見送って欲しいと。必要なことはみな、アルビノーニがお教えしますから、どうかお願いいたします」

「承《うけたまわ》りましょう」

仙道は答えた。

「ありがとう」

「では、こちらへ」

アルビノーニが仙道を促した。

「まずは当家の一族帳をごらんいただきましょう」

シェーラをしばらく祖父と二人だけにしようと、みながアルビノーニに続いて部屋を出た。まゆは最後に部屋を出た。シェーラが心配でならなかったが、彼女は一人にならねば泣くことができないのだとわかっていた。

メイドたちがすすり泣く声が響く中で、アルビノーニはいつもと変わらぬ調子で命じた。

「さあ、やらねばならないことは山積みですよ」

まずは、本日以降しばらく城の公開を中止すること。幸いにも早朝だったから、まだ一人の観光客も訪れていない。それぞれが、必要なことをする為にその場を去って行く。

仙道がアルビノーニとともに去ってしまうと、まゆは廊下に一人で残された。

「誰？」

一人ではない。微かな気配を感じて、まゆは目を細めた。薄暗い廊下に、わずかに揺らめき立つ陽炎《かげろう》のようなもの。

「レオンなの？」

「ええ、私です」

それは、ほとんど人の形を取っていない。声も聞き取れないほどに小さなものだ。たぶん彼は図書室を離れては実体化できない。今、力を振り絞るようにしてここにいるのだ。老ブランケンハイムに最後の別れを告げるため。そしてシェーラの傍らに寄り添うために。

「最後まで、彼に告げることができなかった」

レオンハルトの声には、苦しげな響きがあった。

「何を？」

問いかけながらまゆは、彼が涙を流していることを知った。図書室の他では肉体を持たない彼が、確かに泣いている。

「何を言いたかったの？」

震える声が答えた。

「あなたの話が好きだった。あなたの紡《つむ》いだ夢を……信じたかったと」

まゆは手を伸ばした。優しく、レオンハルトに触れようとした指先は、陽炎の体をすり抜ける。けれどまゆは彼の背を撫でたのだ。

「伝わったわ、きっと。フリッツは、はじめから、あなたの気持ちをわかっていたわ」

「ありがとう、まゆ。さあ、私をシェーラのもとに連れて行ってくれますか？」

扉を開けることができないのだと言われて、まゆは老ブランケンハイムの部屋の扉を叩いた。

「誰です？」

シェーラの声は硬い。泣いていたことを誤魔化しているようだ。まゆは返事をせずに扉を開けた。陽炎だけが部屋に滑り込んで行くのを見送って静かに扉を閉める。

扉に背を預けて、まゆはチューリップ庭園で共に過ごした老ブランケンハイムの姿を思い出して、泣いた。慰めるように月花が低い羽音を立てて飛び回る。その優しさに胸がつまって、涙が止まらなくなった。

ようやく涙を抑えたまゆは、与えられた部屋に戻って顔を洗った。喪《も》に相応しい服はないからドレスはそのままだが、リボンを外して髪をまとめなおした。それまでリボンに止まってブローチのふりをしていた月花はドレスの襟元に止まり直す。

部屋を出たまゆは仙道を探した。通りがかったメアリに教えられて、まゆは執務室に向かった。応接室とサンルームに挟まれた日当たりの良い広い部屋は、もともとは代々の当主が使用していた書斎だった。その部屋を今は、当主であるシェーラではなく執事が使っているのだ。年若いシェーラを侮っているのではないかと、メアリが不満げにもらす言葉を、まゆは聞いたことがあった。

執務室にアルビノーニの姿はなく、仙道が一人で、あちこちの引き出しを開けたり書棚の奥を覗いていた。一族帳を探しているのかと思ったが、そういうわけでもないようで、仙道はまゆを手招いた。

「ああ、まゆ。こちらへ」

仙道と二人で話をするのは、ずいぶんと久しぶりのような気がする。ベルジュ城の抱える事情に口を突っ込むなと諌《いさ》める仙道に、まゆが反論した時以来だ。まゆは仙道に内緒でレオンハルトとも会ったし、月花を勝手に使っている。

まゆのしていることにどこまで気づいているのか、仙道はそのことについては何も言わなかった。

「これが城に伝わる一族帳ですよ」

まゆ一人では持ち上げることもできないような大きな本だ。本と言うよりも実際にはノートで、白紙を装丁した物に一族の記録を記して行くものだ。こんな立派な物ではないが、村でも見たことがあった。

去年の秋、友達のサラが初めて巣箱を一つ任された。年は若くとも巣箱を任せられれば大人の仲間入りだから、その二ヶ月後にあったサラの誕生日は特別なものとなった。まゆは仙道に言われて、その祝いの席を取り仕切ったのだ。サラがこれからも蜜蜂とともにつつがなく生きていけるように、心を込めて祝福の言葉を贈った。

まゆはサラの家に伝わる一族帳を見せてもらって、あの子が最初に口にした蜂蜜の種類を知った。とりわけ子ども時代は母親の手によって多くの書き込みがなされているものだ。

仙道が調べている一族帳は流石に歴史ある一族のものらしく、紙ではなく羊皮紙を綴じたものだった。

「ブランケンハイム伯爵家の記録ですね」

「いえ。これは城に伝わるものなので、以前に城に暮らしていたベルジュ侯爵家の記録も残っています。消失を免れたようですね」

「ベルジュ侯爵やシーリーンの記録もですか？」

「ええ、ここにシーリーンを迎え入れた日の記載がありますよ」

まゆは一族帳を覗き込んだ。異国からの花嫁に付き従うのは乳母が一人で、嫁入り道具として持ち込まれた荷も、わずかな物だった。紫檀《したん》の小箱、絹のショール、珊瑚《さんご》の髪飾り、婦人用の拳銃、金の指貫《ゆびぬき》、象牙の櫛。

「一年後にレオンハルトが誕生していますね。シーリーンは千六百七十八年、二十九歳で亡くなりました」

シェーラが話してくれたことと同じだ。

「ベルジュ侯爵は落馬事故で亡くなって、レオンハルトが十七歳で爵位を継いだのが八十三年。翌年には妻を迎えています」

「エヴァンゼリンが生まれて、それから……」

「妻が出て行き、城の火災でエヴァンゼリンが命を落としました。同年に、レオンハルトは失踪して、七年後に公的には死亡が宣告されましたが、一族帳では失踪のままの扱いですね」

「そうですか」

では、城の火災でエヴァンゼリンが亡くなったのは本当のことなのだ。

「ただ気になることがあります」

仙道は念の為というように、声をひそめた。

「ここに、エヴァンゼリンの葬儀を利き蜜師が取り仕切ったと書いてありますが、これはおかしいのです」

「何がですか？」

「エヴァンゼリンが亡くなった二百年前にはまだ、それは利き蜜師の仕事ではありませんでした。それを知らない誰かが、一族帳を書き換えたのです」

まゆはテーブルに身を乗り出して、仙道の示す部分を覗き込んだ。確かに良く見ると羊皮紙を削って修正した跡が残っている。極めて注意深くなされた作業で、普通に読む分にはわからない程だ。

「利き蜜師を持ち出せば彼女の葬儀を権威づけることができる。葬儀はつつがなく、正しく行われたと印象づけようとしたのでしょう」

確かに、利き蜜師の歴史に詳しくない人ならば騙せただろう。実際、まゆも気づけなかった。だが生憎《あいにく》なことに、一族帳に目を通したのは金のマスターだった。

「アルビノーニが、やったんですね？」

まゆは確信を持ってそう言った。

「決めつけることは危険ですが、私もそう思います」

仙道は慎重に答えた。

「彼については、気になることが他にもあるのです」

アルビノーニは、シェーラや老ブランケンハイムを差し置いて城の一切を取り仕切っているかのようだ。ベルジュ城が無人とされた歳月、彼はレオンハルトの肖像画を守り秘かにここに暮らしていた。魔女フレイヤの孫であるならば、彼にもいくばくか魔力はある筈だ。もっと早くに手を打つことはできなかったのか。せめて、シェーラを城から遠ざけることが。

「レオンハルトを裏切った女性の血に連なる者として、老ブランケンハイムやシェーラ様に復讐の気持ちを抱いているのかと思ったこともあるのですが」

「アルビノーニがシェーラ様に害意を持っているようには見えません」

メアリが不満げに言ったように、年若い当主を軽んじているようにも見えない。大切にしすぎて、息苦しくさせているくらいだ。

「ただ、ベルジュ城が滅びるならそれも仕方ないって、アルビノーニは言いそうで。そうなったらシェーラ様だって命を落とすかもしれないのに」

「老ブランケンハイムがアルビノーニに寄せる信頼は本物でした」

仙道は考え込んだ。

「あの方は全てを語ってはくれませんでした。けれどシェーラ様に対する愛情は確かなものでした。その老ブランケンハイムが、アルビノーニを近くに置いていたのですから」

まゆは仙道から、ベルジュ城が買い入れていた蜂蜜が粗悪な紛い物であったと聞いていた。ずっとそんな蜂蜜をシェーラに与えていたアルビノーニには、最初こそ腹を立て故意ではないかとすら疑ったのだ。でも、アルビノーニはそのことにとても動揺していたと聞いたし、どうやら本当に蜂蜜の味がわからないらしい。

味覚だけでなく、アルビノーニは少しずつ普通と感覚が変わっているのだと、まゆは気づき始めていた。彼が魔女の孫息子であることを、あっさり受け入れることができたのも、そのせいかもしれない。

「そう言えば、そのアルビノーニからあなたに招待状を預かっていました。正確にはアルビノーニが仕える主からですね」

仙道は机からクリーム色の封筒を取りあげた。

「招待状？」

封はしていなかった。封筒を開けると手漉きのカードが入っていた。美しい飾り文字を読んで、まゆは当惑して顔をあげた。老ブランケンハイムを偲《しの》ぶささやかな集いを、今宵、図書室にて催すので、ぜひ出席をと記されている。招待主の名はレオンハルトだ。

「お師匠にも招待状が？」

「いいえ。ただ内容は知っています。私はあなたの保護者代理ですから、アルビノーニもそのあたりはキチンとわきまえて、あなたを夜の集いに招待して良いかと聞いてきましたよ」

まゆはもう一度カードに目を落とした。仙道が招かれなかったのは、彼がレオンハルトと会ったことがないからだ。これでは、まゆとは会ったことがあると宣言されているも同然だ。

「行っても良いですか？」

「遅い時間というのは感心しないのですが、故人を偲ぶ集いと言うなら反対もできません。月花を必ず連れて行きなさい。くれぐれも、別行動は慎むように」

最後はいくぶん厳しい口調で言われ、当たり前と言えば当たり前だが、そちらもばれていたのかと、まゆは首をすくめた。

「はい」

「それと、アルビノーニには気をつけなさい。彼と二人きりにならないように」

「お師匠？」

「彼はブランケンハイム伯を傷つけることはないかもしれません。でも私やあなたにまで、その優しさを期待できるかどうか、わかりませんから。私も、できる限りの対抗策は取りますが」

「何かあったんですか？」

「いいえ。私の考え過ぎかもしれません」

いつになく歯切れの悪い仙道に、まゆは重ねて問いかけようとしたが、その時メアリが執務室に顔をのぞかせた。

「ああ、まゆ。シェーラ様の御用を手伝って欲しいのよ。私はこれから、村に行く用事があって」

「はい、すぐに行きます」


その夜、図書室に集ったのはレオンハルトとアルビノーニ、まゆとシェーラだ。この四人が同時に顔を合わせるのは初めてだった。

「フリードリッヒの為に」

レオンハルトの言葉で、四人は手にしたカップを軽くかかげた。喪服を持って来ていない自分はともかく、シェーラも他の人も喪の装いではないことが、まゆには意外だった。亡き人を偲び、その魂を守る一夜だと思っていたのだ。

シェーラがモスリン製のドレスに羽織るショールは絹糸で鳥や花が描かれた艶やかな物

だったし、レオンハルトのドレスも光沢がある深緑の絹地に金糸で刺繍がほどこされている。古風に結い上げた髪には真珠の髪飾りが輝き、ため息が出るほど完璧な貴婦人の装いだ。

「この地方の伝統なのですよ」

説明してくれたのはアルビノーニだった。

「陽のもとでは死は動かすことのできない現実で、残された者は悲嘆にくれます。けれど夜は精霊たちの時間。肉体を離れたばかりの魂は、むしろ今、傍らにあるのです。現実でのしがらみや諍《いさか》いを捨て、ただ死者を囲み語る一夜です」

確かに、この図書室にいると、すぐそこに老ブランケンハイムがいて、皆を見守ってい てくれると感じることができた。

今宵の集いの主人はレオンハルトということで、彼が手ずから紅茶を入れてくれた。老ブランケンハイムにもふるまったと言う、薔薇の香りのする紅茶だ。白地に象牙色のチューリップが描かれたカップは、レオンハルトの母シーリーンが愛用したティーセットだと言う。

老ブランケンハイムの思い出を語り、静かに夜が更けて行く。ほとんどの時間を、まゆは聞き手に回ったが、それでも老ブランケンハイムをフリッツと呼ぶようになったいきさつを話す時、シェーラが微笑んでくれて嬉しかった。

「あの方は本当に、人使いが荒かったですね」

アルビノーニが、そんなことを言い出した。

「え、そうかな？」

まゆは首を傾げた。数日、チューリップ庭園でともに働いたが、まゆはほとんど遊んでいるようなものだった。老ブランケンハイムは、何でも先回りしてさっさとやってしまうのだ。

「あの方は、女性と子どもには優しいのです。私やレオン様には容赦ありませんでしたよ。チューリップ庭園でも図書室でも、いったい、どれだけ働かされたことか」

「それは、おじい様がこの城を買い取った頃の話なの？」

「そうです。そもそも私は、図書室の改装には反対でしたよ。けれど先代が、炎の傷跡をそのままにしておくべきではないと言い出して」

アルビノーニの言葉に、レオンハルトの肩がわずかに震える。ベルジュ城を燃やした炎は、建物二階の子ども部屋が火元だった。フレイヤが消し止めたとは言え、隣接した図書室にも被害は及んだのだ。

「今、私たちがいる辺り、シーリーン様がお好きだった一角は焼失をまぬがれましたが、あちら側は床から書棚までほぼ新しくしたもので、先代が二割、私が八割、作業をしたのです。城を買うのに財産を使い果たしたから、人を雇う余裕はないとおっしゃいましてね」

「あの、聞いて良いですか？」

まゆは思い切って、アルビノーニに声をかけた。ずっと気になっていたことを今夜の彼にならば聞けそうだった。

「なんです？」

「フリッツは、いつからレオンのことを知っていたの？」

「それは私も気になっていたの。私は当たり前のようにレオンハルトの存在を知ったけれど、おじい様は最初は知らなかったのよね？」

「そうですね。あの方も変わった方だったので、城を買い入れる前から何かには気づいていたかもしれませんが、レオン様と言葉を交わすようになったきっかけは何だったでしょうか」

少し考え込んでから、アルビノーニはうなずいた。

「ああ、図書室の改装の件でもめた時に、先代がおっしゃったのですよ。図書室に限らず、シーリーン様の思い出を壊すことはしないと。その時、私はうっかり『相談する時間をいただきたい』と答えていました。先代は、誰と相談するのかと問うことはなかった。あまりにも自然に『いずれ紹介して欲しい』と言われて、その場は終わったのです」

「おじい様らしいわね」

「生まれ変わった図書室にサフィール学園から大量の蔵書が運び込まれて、昼は庭園で夜は図書室で働くことになりました。あまりの激務に、ついにレオン様を引っ張り込むことになったのです。その時にはもう、私が言い出したのか先代が言い出したのか曖昧でしたが」

「書物の分類ならば、私でもできるだろうと、彼らは私の肖像画の前で荷解きを始めたのだ」

レオンハルトがおかしそうに続けた。

「フリードリッヒとアルビノーニは似たところがあって、働ける者はとことん働けと言うのだ。実際あの頃は、城に他の人手もなく、料理から洗濯、掃除、なんでも自分たちでやるしかなかった」

「主に動いたのは、私ですが」

「仕方ないではないか。私は肖像画から出ることはできなかったのだから」

「アルビノーニやおじい様はともかく、レオンハルトも良く一緒に働いたわよね。あなた、生まれた時からずっと周囲にかしずかれる生活だったでしょうに」

シェーラの口ぶりは嫌味なものではなかった。誰に対しても気さくで柔らかな態度のシェーラや老ブランケンハイムに比べると、レオンハルトは時に、人の上に立つもの特有の尊大さを見せるが、それは不快なものではなかった。彼はベルジュ城主の後継ぎとして生まれ、今でもこの城の主であるのだ。

「さすがに一人だけ高みの見物というわけには」

カップを置いて、レオンハルトは立ちあがった。シーリーンの鏡台に歩み寄ると、その引き出しから何かを取り出して、戻ってくる。

「フリードリッヒが城を買い入れるほどの財産を筆によって得たと知り、私は言ったのですよ。また書けば良いと。そうすれば城の財政は潤うし、フリードリッヒやアルビノーニが汗をかく必要もない。けれど彼は、自分はもう書くことを止めたと答えました」

レオンハルトは、まゆの前で足を止めた。

「そのフリードリッヒが再び筆を取ったのが、この本です」

そう言ってレオンハルトが取り出したのは、老ブランケンハイムの本だった。

「まゆに、この本を受け取って欲しいのです。あなたの本の代わりにはなれないけれど」

「これは、誰の?」

「私のもとにありました。フリードリッヒが亡くなるまで思い出すこともなかった。彼は上梓《じょうし》した折に、私にも一冊贈ってくれていたのです。私は題名を見ることもなくしまいこんだ。彼が読んだかと聞くことも、感想を求めることもないと、長い経験で知っていたので」

「でも、私が貰ってしまったら、レオンは」

まゆは受け取ることをためらった。レオンハルトが老ブランケンハイムの書く物語に対して抱く本当の気持ちは聞いたのだ。この本は、彼にとっても大切な物なのに。

「良いのです。私の手もとにあっても、塵《ちり》と化してしまうでしょうから」

レオンハルトはさらりと言った。ベルジュ城が滅びの時を迎えれば、ここにある書物もみな失われると彼は言ったのだ。

「受け取ってあげて」

ためらうまゆの背を押したのは、シェーラだった。

「あなたの本を駄目にしてしまったこと、彼はとても反省しているのよ。おじい様も、その本をまゆが持っていてくれれば喜ぶし、今夜の記念にね」

「ありがとうございます」

まゆは小さな本をそっと撫ぜた。

「ピアノを借りますよ」

アルビノーニが立ち上がった。

「伯爵の為に一曲」

少し冷たい夜の空気の中に流れ出たのは、耳慣れぬ旋律だった。美しく優しいリズムの中に、時おり哀愁に満ちた旋律が織り込まれている。

「おじい様が好きだった曲よ。アルビノーニが作曲したの」

まゆは、老ブランケンハイムがチューリップの世話をしながら、アルビノーニが奏でるピアノの音に耳を傾けている光景を思い浮かべた。春の陽だまりの中で、花と音楽に包まれて、彼は幸福そうに笑っていた。

豊かな余韻は、図書室の無数の本の中に染み入るように消えて行った。拍手に応えて、珍しくも少し照れたような表情で立ち上がろうとするアルビノーニを、レオンハルトが片手を上げて止めた。

「レオン様？」

レオンハルトは優雅な仕草でシェーラに手を差し出した。

「踊っていただけますか？」

シェーラは、まゆがうっとりするほど優美な仕草で立ち上がり、レオンハルトの手を取った。再び溢れ出すピアノの音色に乗って踊り手は、フロアに滑り出した。灯りと言えば、テーブルに置かれた小さなランプの他は、月光のみだ。カーテンを開け放つと広い窓から差し込む月の光が水底のように、図書室を青く染める。

青い水底を舞踏場にして踊る二人は、鏡に映したように同じ顔をしている。長い髪をレオンハルトは古風に結い上げ、シェーラは背に流しているが、二人とも裾を引くドレスを纏っているから、ふわりふわりとドレスが揺れて、二人の位置が入れ替わるたびに、どちらがどちらか見誤りそうになる。

二人の息はぴったりで、見ているだけで自分も踊っているかのように心地良い。すっかり二人に見とれていたまゆは、踊り手の一人がわずかに顔を歪《ゆが》めたことに気づくのが遅れた。

「シェーラ！」

レオンハルトの悲鳴に、ピアノの音がつんのめるように途切れた。まゆも椅子から飛び降りた。はらりと花びらが散り落ちるように、シェーラがレオンハルトの腕の中に崩れ落ちた。

「シェーラ様！」

「心配しないで。少し、息が苦しくなってしまっただけ」

小さな声が答える。月明かりのせいだけでなく、ひどく青ざめて見える彼女の額に、うっすらと汗が光っていた。痛みのためか苦しみのためか、呼吸をするたびに表情が歪む。

「ワルツなんて、久しぶりだったから」

「ともかく横になった方が良い」

レオンハルトがシェーラを抱き上げた。まるで同じ体格なのに、空気のようにふうわりと。

「お師匠がすぐに来てくれます」

月花が呼んでくれた。そのことを疑わず、まゆはレオンハルトの先に立って図書室のホールを駆け抜けた。もっとシェーラの様子に気を配るべきだったのだ。ただでさえ体力が落ちている彼女に、老ブランケンハイムの死が与えた衝撃を、もっとキチンと考えるべきだったのだ。

図書室から廊下に滑り出たまゆを、レオンハルトの声が引き止めた。

「待ってください、まゆ」

レオンハルトはひとたび図書室を出てしまえば、肉体を保つことができない。陽炎のように、物質をすり抜けてしまうのだ。歯を食いしばるほどの悔しさが、声から感じられた。すぐに傍らにいたアルビノーニがシェーラの体を抱き取る。

その時には既に仙道が階段を駆け上がってくるところだったから、まゆはシェーラの部屋の扉を開けた。振り返ると図書室の入り口で、レオンハルトが悄然《しょうぜん》と佇《たたず》んでいた。

老ブランケンハイムに会いに来た時のように陽炎の身になってシェーラに付き添うと思ったのに、レオンハルトは踵を返した。青い闇に沈む図書室に吸い込まれるように、その姿が消えて行く。

「レオン」

呼び止めようとした時に、大きな扉は音もなく閉まった。

今の彼を一人にしてはいけない。

まゆは衝《つ》きあがる想いにレオンハルト追おうとしたが、仙道の緊迫した声に引き止められた。

「まゆ、来てください！」

慌てて部屋に飛び込むと、寝台に寝かされたシェーラを見守る仙道の表情は硬い。

「危険な状態です」

仙道は、はっきりと言った。

「このままでは朝までには……」

「そんな！」

確かに体調は優れず、最近では食も細くなっていたが、そこまで悪い状態ではなかった。

仙道はまゆにではなくアルビノーニに向かって続けた。

「死に近いほど深い眠りに導くことで、体内の時を止めることはできます」

「あなたの術で？」

「ええ。時を止めれば、状態が悪くなることはありません。ただ、原因を取り除かねば、良くなることもありません。そして、眠りから引き戻すことができないという危険が、かなりの確率で伴います。ですから通常は、助ける手だてはあるが今すぐそれを施すことができないと言った場合にのみ使われる術です」

大規模な事故で緊急に手当てを要する大量の怪我人や、執刀できる医師が限られている難病で手術の待機中の患者などに施される術だ。時を止めるリスクとメリットに適切な判断が求められる。

「あなたが決断してください」

仙道は言った。

「御主人様の病には……回復の術《すべ》がありません」

アルビノーニが苦しげに囁く。

「あなたにも、もうおわかりでしょう？　祖母がかけた呪いのせいだと。ベルジュ城は崩れ落ち、花は枯れる。御主人様も、また」

まゆは、自分の中に炎を感じた。シェーラを、レオンハルトを苦しめるものに対する、激しい憤《いきどお》り。彼女の唇から、なじるような声が飛び出す。

「レオンの何がいけなかったの？」

「まゆ」

仙道の声にも、まゆは止まらなかった。

「人を信じられなかったこと？　人生を呪ったこと？　投げやりになって、自らの命を絶とうとし、館に火を放ったこと？　でもそれが二百年も苦しみ続けなければならない罪？　レオンだけじゃなくて、シェーラ様の人生まで滅茶苦茶にするような、どんな権利が、あの魔女にはあったの？」

その言葉を口にしてしまってから、まゆは自分がどれほど残酷なことを言ったか気づいた。

「……ごめんなさい」

自分の言葉に怯え、まゆは謝った。

「あなたのおばあ様を悪く言うつもりはなかったの。ごめんなさい」

アルビノーニは思いがけぬほど柔らかな瞳で、まゆを見返した。

「気にしないでください。……それに、あなたの告発は正当なものです。他人の運命に介入する……祖母には、そんな権利はなかったのです。たとえその力を持っていたにしてもね。そして、事態をここまで悪化させた責任は私にもあります」

苦しげに浅い呼吸を繰り返すシェーラを見つめ、アルビノーニは言葉を継いだ。

「フレイヤの魔術は、レオン様自身にかけられたものでした。呪いを解くことができずとも、城やシェーラ様まで巻き込まれる筈はなかった。けれど、その魔術は歪められたのです。この城に入り込んだ、異なる力によって。あなたは気づいたでしょう？　利き蜜師」

「蔵書ですね。サフィール学園から持ち込まれた本に宿る何かの力が、フレイヤの呪いを変貌させた」

アルビノーニは、仙道に向き直った。

「御主人様の時を止めてください。望みはないとしても、せめて、その時を引き延ばすことにしましょう」

「わかりました」

「お師匠、でも、蜂蜜が足りません」

仙道が使おうとしている術を、まゆはまだ実際に見たことはなかった。本で読んだだけだが、蜂蜜から金糸を引き出して時を止める対象を包み込む術だ。

金糸を扱うことは仙道が得意とするところだが、おそらくかなりの量の蜂蜜が必要となるだろう。この城に蜂蜜はほとんどない。特に質の良い物となると、まゆがトランクに入れてきた小壜くらいで、それは滞在中にほとんど使ってしまったのだ。

「とりあえず、全部持って来てください」

仙道に言われて、まゆは蜂蜜の小壜を並べた小箱を取りに走った。

「あなたは、城で購入していた例の蜂蜜を」

背後で、仙道がアルビノーニにも頼んでいた。

「ですが、あれは品質が」

「質が劣っていてもないより良いでしょう。もし他に、隠し持っている蜂蜜などあれば、それもお願いしますよ」

七章　炎の花

「お師匠。これで、全部です」

まゆは木箱から取り出した蜂蜜の小壜をテーブルに並べた。一つ一つは小指ほどの小さな物で、シェーラが最初に選んだ物を含め三分の一の壜は既に空っぽだった。他の壜も半分も残っていないものばかりだ。全てを集めてもワイングラス一杯分にも満たない。

「そんな、泣きそうな顔をしてはいけません、まゆ」

まゆには背を向けてシェーラの様子を見ているのに、仙道はそう言った。

「利き蜜師になるのでしょう？　心を静めなさい」

まゆは大きく息を吸った。ただシェーラを慕う小さな友人としてならば、心配のあまり泣き出しても許されるのだろう。でも利き蜜師の弟子として彼女を救うつもりならば、感情を完全に制御しなければならない。

カガミノでトコネムリに侵された女性を前にした時は立ち竦《すく》み、仙道の足手まといにすらなってしまった。あんな無様な真似は繰り返さない。

　ゆっくりと深く息を吐き出して、まゆはお腹に力を入れた。

「もう大丈夫です。私は何をすれば良いですか？」

「この器を持って、寝台のあちら側に」

　仙道に渡されたのは小さなガラスの器だった。中は空っぽだ。まゆは器を持ってシェーラが眠る寝台を回った。仙道は蜂蜜の小壜を一つ取ると蓋を開けて、月花を呼んだ。まゆの襟元に止まっていた金色の守り蜂が身震いをして舞い上がる。

　月花は無言のまま、仙道が掲げる蜂蜜の壜に止まった。一瞬、仙道の手の中で単なるガラスの小壜が大輪の花に変わったように見え、まゆは息を飲んだ。それは一瞬の幻だったけれど、月花は花々を巡り採蜜する時のように細かく羽を震わせている。

　やがて飛び上がった月花の足には蜘蛛の糸ほどに細い金糸が纏わりついていた。それは月花が飛ぶにつれ面白いように伸びた。月花はシェーラの額に一度止まり、またふわりと舞い上がり、今度はまゆの掲げるガラスの器に止まった。休むことなく舞い上がり、仙道の手の中に戻る。

　月花が導いた金糸は、シェーラの額を頂点にしたきれいな二等辺三角形を描いていた。月花は再び仙道の手の中から飛び上がった。同じ軌跡が描かれる。二周、三周と、月花は三角形を描き続けた。途中で、仙道は幾度も小壜を取りかえた。まゆが空っぽだと思っていた小壜からも彼と月花は金糸を引き出してみせた。目に見えるものだけが全てではないのだ。

どれだけ時間がたったのか、ふっと月花が動きを止めた。ちょうどシェーラの額に止まったところだ。

「まゆ、静かに器を床に置いてください。できるだけ揺らさないように」

まゆは息を止めて、できるだけそっと器を置いた。そのまま緊張してじっとしていると、寝台のあちら側で同じように身をかがめていた仙道が言った。

「上手くいきました。もう動いても大丈夫ですよ、まゆ。寝台の足もとを回って、こちらに戻ってください」

まゆは立ち上がって、シェーラの足もとを回って仙道の側に行った。月花も飛んできた。

「蜂蜜が少なくて、どうなることかと思ったけどな」

「皆の力を合わせて、上手く引き出せたようですね。ごらんなさい」

目を凝らさなければ光に溶け込んでしまうほど細い輪郭の三角形がシェーラの体の上に描かれていた。白い頬はますます色を失い、唇は青ざめてさえ見える。呼吸によって上下する筈の胸もとも、ほとんど動かなかった。まゆは思わず身を震わせた。

あの病に似ている。人々の心に虚無の種を蒔《ま》き、蝕み、やがて命までを奪うトコネムリ。

シェーラがこのまま死の淵へ向かってしまうのではないか、まゆが縋る思いで振り返れば仙道はわずかに微笑んでみせた。

「心配は不要です。この状態で良いのですよ。今、彼女の体内では時が通常の百分の一ほどのスピードで流れています」

「いつまで、この状態を保つことができるんですか？」

「それは蜂蜜の力と私の体力次第です」

仙道はシェーラの枕元に椅子を持って来ると、そこに座った。

「描いた陣形に力を循環させます。それ自体は、難しいことではないのです。私は以前、他の二人の利き蜜師と交代でとはいえ三ヶ月間この術を続けたこともありました。ただ今回の問題は……」

「蜂蜜が足りないんですね」

「ええ。陣を描くことに比べれば維持するのにさほど多くの蜂蜜が必要とされるわけではありません。ただ全く補充しないと一昼夜持つかどうか」

「そう言えば、アルビノーニは？」

以前に城で購入した粗悪な蜂蜜でも役に立つだろうと、取りに行った筈だ。あれからずいぶん時間がたっているのに、彼が戻る気配はない。

「もしかして、城を離れて蜂蜜を手に入れに行ったんじゃないか？」

「それならばそれで良いのですが」

「私、探してきますね」

まゆは言った。

「そうですね。ここは私一人で大丈夫ですから、あなたと月花はアルビノーニを探してください。充分に気をつけて」

「はい。行こう、月花」

「俺が気にかかるのはさ、あいつが何か、良からぬことを考えているんじゃないかってことなんだ」

まゆは、思わず足を止めた。

「どういうこと？」

「あの執事がシェーラを助けたい気持ちは本物だと思う。さっき、シェーラの病に回復の術はないって、言っただろう？」

だから時を止めても無駄だと、アルビノーニは言ったのだ。それが、望みがなくとも時を引き伸ばして欲しいと変わった。わずかな時間のうちに、彼の心の中にどんな変化があったのだろう。

「アルビノーニだけが知っている、シェーラを助ける方法があるのかもしれない」

「えっ」

「でもそれが、とんでもないと言うか、やけっぱちな手段なような、嫌な予感が……」

「もう！　とにかく探しに行こう」

まゆが部屋を出ようとすると、仙道が言った。

「ああ、まゆ。部屋の明かりを消して行ってください。できうるかぎり外界からの刺激を絶ちたいので」

「わかりました」

「では、頑張ってくださいね」

「お師匠も、気をつけてください」

頑張ってくださいと言うのもおかしい気がして、まゆはそう言って部屋の明かりを消した。真っ暗になった部屋に金色の三角形が静かに浮かび上がった。その光と仙道に守られて眠り続ける人に心の中でエールを送って、まゆは部屋を出た。

「月花は、どう思う？　アルビノーニは城を出たのかな」

「いや。ここにいるとは思う。どこにいるかまではわからないが、少なくとも城にはいる。

あいつの気配は異質だから他の人間に紛れることはないんだ」

ベルジュ城の使用人は多くなく、ほとんどが通いだった。城で寝起きしているのは執事のアルビノーニとシェーラ付きのメイドであるメアリ、厨房を預かるジュリアだけだ。メアリは今宵は老ブランケンハイムの居室につめている筈だし、ジュリアは葬儀の準備で忙しくなる明日以降に備え早くに自室に引き上げた。

だから深夜のベルジュ城に歩き回る人の気配はなかった。

「そもそも今、何時くらいなんだろう」

「もうすぐ夜明けだな」

時計は持たず正確な時刻を知らずとも、月花には体内時計があるのだ。

「もうそんな時間？」

図書室で老ブランケンハイムを偲ぶ集いがあって、そこでシェーラが倒れたのだ。どんなに遅くとも、あれが真夜中過ぎだったとは思えない。それなのに、もうすぐ夜明けということは、シェーラの部屋で数時間を過ごしたということだ。

「ぜんぜん気づかなかった」

「俺は働きすぎて、もうフラフラだぞ。お前、元気だな」

「だって私は立っていただけだし」

「子どもっていうのは、全く……」

月花は、まゆに聞き取れないほどの小さな声でブツブツとつぶやいた。愚痴を言っているようでもあり、呆れているようでもあり、感心しているようでもあった。

「まあ、今はアルビノーニが先だ」

「図書室ではないよね？」

「ああ、それなら流石に俺か仙道が気づいた筈だ」

ホールを挟んでいるとはいえ、図書室はシェーラの部屋の向かいにあるのだ。

「城で蜂蜜を探しているなら厨房か貯蔵庫、食堂」

「執務室と……ねえ、アルビノーニの部屋は？　あの人、ここで暮らしているなら自分の部屋があるでしょう」

「それなら地下だな」

「何でわかるの？」

「メイドの部屋は屋根裏、執事の部屋は地下。たいていそういう配置になっている」

他に心当たりもないから、まゆは月花の先導で地下へと向かった。夜明け前の深い闇に沈んだ古城で、頼るものは月花が放つ淡い金色の光だけだった。ベルジュ城には甲冑《かっちゅう》や武具の類は飾られていなかったが、ずらりと並ぶ肖像画や、まゆの背丈を越えるほどの花器が、暗がりから迫ってくるようだった。自然と忍び足になり、まゆも月花も無言となった。

ふいに、先を行く月花がクルリと身を翻した。まゆが驚いて足を止めると、月花はドレスの襟元にぴたりと止まり発光を止めた。

「どうしたの?」

まゆはささやき声で聞いた。

「その先に部屋がある。あいつがいる」

月花は、押し殺した鋭い声で続けた。

「気づかれたかもしれない。気をつけろよ」

それきり、月花はピクリとも動かなくなった。まゆにさえ作り物にしか見えない完全な擬態だ。まゆはぎゅっと手を握り締めて、そろそろと歩き始めた。地下とは言うが敷地に高低差があるので半地下状態となっていて、高い位置にある窓からささやかながら月明かりが、まゆを見守っていてくれる。

一つ角を曲がると、月花の言うとおり、灯りが漏れている扉があった。まるで罠に誘い込むように掌ほどの幅だけ扉は開いていた。そっと扉に近づいて隙間から中を覗き込む。

そこには確かにアルビノーニがいた。扉に背を向けて机に座り何か作業をしている。

「どうぞ、お入りなさい」

後ろに目があるかのように、アルビノーニは言った。

「そこにいるのでしょう？　利き蜜師の弟子」

まゆは迷う心を捨てて、部屋に足を踏み入れた。ここは本当に彼が寝起きしている部屋なのだろうか？　まゆが借りている部屋と同じくらいの広さはあるが調度品が少なくて、なんだかガランとしている。床は石造りのままで、窓にはカーテンもかかっていない。

何よりも、この部屋には生活の匂いがない。住む人の個性が感じられないのだ。

「御主人様は、どんなご様子です？」

アルビノーニは手を止めて、まゆの顔を見た。

「今は落ち着いて眠っています。お師匠の術が上手くいったので」

「それは良かった」

「そんなに良くありません」

涼しい顔をしたアルビノーニに腹を立てて、まゆは尖った声を出した。

「どうして、蜂蜜を持って来てくれなかったんですか？　このままだと、蜂蜜が尽きて半日もたたずに術は続けられなくなります」

「城にあるわずかな蜂蜜を集めても、どれほど時を稼げるでしょう」

「でも、時間が必要だって、あなたも言ったじゃないですか」

机に手をついてアルビノーニの方に身を乗り出そうとした時に、まゆは彼の手の中にある物に気づいた。

「それ……」

アルビノーニの手にある物は拳銃だった。

「ああ、これですか？　美しいでしょう」

アルビノーニは机の上に拳銃を置いて、まゆが良く見えるように押しやった。まゆは思わず後ずさった。

「暴発なんかしませんよ。古いものですが、手入れは怠っていませんから」

まゆは、父が護身用に拳銃を持っていることを知っているし、一度だけそれを手入れをしているところを見たこともある。アルビノーニの拳銃は父の物とは、ずいぶんと形も色も違った。古い時代の物なのだろう。握りの部分は象牙でできていて精巧な彫刻が施されていた。

「シーリーン様の嫁入り道具です。祖母がわざわざ誂《あつら》えさせたのです。ほら、ここの所にベルジュ侯爵家ではなく、ご実家のゲンスフライシュ家の紋章が入っているのです」

チューリップに似た意匠だ。

「弾が入っているの？」

「入っていますよ。銀の銃弾が」

「銀製？」

「あの本にも書いてあったでしょう？　銀の銃弾は、魔物を打ち倒すと」

「……あなたは平気なの？」

魔女の孫息子だというアルビノーニは、平気な顔をして銃に触れている。

「こうしてただ持っている分にはね。言ったでしょう？　これは祖母が誂えさせた物だって。なぜ、祖母がこの銃をシーリーン様に持たせたかわかりますか？」

「ベルジュ侯爵から身を守る為？」

まゆの言葉に、アルビノーニは少し驚いたように目をみはった。

「侯爵を排除する必要があれば、シーリーン様には手を汚させることなく、フレイヤが手を下したでしょう」

けれどフレイヤは、シーリーンに銃を持たせたのだ。命を奪う物を。

「フレイヤは、いつかシーリーン様に自らを撃たせるために、この銃を渡したのです。祖母は自分自身の力を知っていたから」

「自分自身の力？」

「彼女は偉大な力を持った本物の魔女でした。もしも自分がその力をもって世界に害をなす存在となった時、シーリーン様が止められるようにと」

レオンハルトを肖像画に封じた魔女。まゆは、シーリーンと共に描かれた肖像画でしか彼女を知らないが、フレイヤの存在は今もなお城のそこかしこに感じられた。

「幸いにして、シーリーン様がこれを使うことはありませんでした。銃は形見としてレオン様に与えられましたが、当時あの方はほんの子どもでしたから、父であるベルジュ侯爵が保管することになりました。代々の当主が使用する書斎に隠され、恐らくレオン様は存在すら知らないでしょう。私もあの部屋を執務室として使うようになった時、これを見つけましたけれど、何の為に残されたものであるか、すっかり忘れていたのです。あなたの言葉で思い出すまでは」

「私が、何を？」

まゆには、アルビノーニが何を言っているのかわからなかった。確かに、ベルジュ城に伝わる一族帳を見ていた時、シーリーンの嫁入り道具の中に拳銃の記載はあったと思う。でも銀の銃弾がこめられていることは知らなかったし、ましてその意味なんて。

「あなたは言いましたね。多くの人の人生を狂わせる、どんな権利がフレイヤにあったのかと」

「それは……」

「フレイヤは過ちを犯しました。自身の力に溺《おぼ》れた結果、守ろうとした者を苦しめることとなった。そんな自分自身を恐れ、戒めるためにシーリーン様に、この銃を預けていたのに。だから、気づいたのです。今からでも遅くはない。この銃を使えば、フレイヤの呪いからレオン様を解放することができるかもしれないと」

「フレイヤの魔法を打ち破るということ？」

そんなことができるだろうか。まゆの胸に希望の光が生まれた。だが小さな光は、続くアルビノーニの言葉に吹き消されてしまった。

「今のレオン様は呪われた存在ですから、銀の銃弾によって撃ち殺すことができるでしょう」

「レオンを撃つの？　なんで……」

「呪いを断ち切るために」

アルビノーニは、きっぱりと言った。

「レオン様は命を落とします。けれど魔女の呪いからは解き放たれ、人間として死ぬことができます。私も魔女の血を引く者ですから、この銃を自分の手で撃つとなれば無事では済まないでしょう。この身は塵と化すか、物言わぬ石像にでもなるか、全く予想はつきませんが、まあ執事のアルビノーニは消滅すると思います」

「そんなやり方は、間違っていると思う」

「この銃の存在を思い出すまで、私は呪いを断ち切ることはできないと思っていました。ベルジュ城は滅び、レオン様もあの女の子孫も皆が命を落とすまでは、と。けれど今、希望が生まれました。私とレオン様で終わりにできるかもしれない。城とシェーラ様を守ることできるかもしれない。呪いが変貌しているとしても……根源を断てば」

「今さら何を」

まゆはアルビノーニの言葉を遮った。

「シェーラ様はもう巻き込まれているじゃない。それに、図書室に私を呼んだのは、レオンでしょう。ここまで来て、二人だけで決着をつける？　そんなの勝手すぎるでしょう。そんな簡単に諦められるんですか？」

「二百年の長さが、あなたにわかりますか？」

ギラリとアルビノーニの目が光った。

「十数年しか生きていない小娘のくせに」

「時の長さはわからないけれど……でも不死の呪いを受けた悲しい人なら知っています」

ああ、そうなのだ。まゆは、ようやく気づいた。自分がこんなにもレオンハルトの為に必死になってしまうのは、彼の姿を仙道に重ねていたからだ。

三十前にしか見えない仙道だが本来の年齢は九十に近い。彼は若い時、銀蜂の王によって、不老不死の呪いを受けたのだ。

まゆと出会いカガミノに腰を落ち着けるまでは、一つの場所に二年と留まらず彷徨う人だったと聞く。銀蜂の王を退けたことで仙道の呪いは解けたと、まゆは単純に思っていた。だが、どうやらそうではなかったらしい。仙道とまゆの間でそのことが話しあわれたことはないし、月花に何か聞いたわけではないけれど。

「ああ、あの利き蜜師には確かにレオン様と同じものを感じますね。人でありながら、人の時間を生きてはいない」

まゆは胸がぎゅっと苦しくなった。アルビノーニが言うのなら、やはり仙道の呪いは解けていないのだ。

アルビノーニは椅子から立ち上がり、机の上の銃をポケットにしまった。

「さあ、時がありません」

「待ってください。まだ話は終わってません」

「私には、もうあなたと話すことはありません」

アルビノーニは冷ややかに言うと、まゆに背を向けた。まゆは慌てて彼を追うが一歩だけ遅かった。まゆの目の前で扉が閉まり、ノブを回そうとしても動かなかった。外から鍵をかけたのではなく、アルビノーニが力を使ったのだ。

「ことが済むまで、あなたはここにいてください」

「アルビノーニ！」

「叫んでも、夜のうちは誰にも聞こえませんよ。ああ、心配しなくても、明日になれば誰かが気づいて出してくれるでしょうから」

まゆは扉を叩いたが、アルビノーニはまるで取りあわず足音が遠くなっていく。

「月花、月花、起きて！」

まゆは襟元の月花をつまみ上げて掌に載せた。必死に呼びかけると月花が応えてくれた。

「このドアは、俺の力じゃ開けられないな」

「通風孔から出られない？」

この部屋は半地下にあるから窓は高い位置にある。机や椅子を積み重ねたら何とか届くかもしれないが、それには時間がかかる。でも月花なら、格子の隙間から飛んで行ける。

「お師匠に伝えて。アルビノーニがしようとしていること」

仙道がシェーラの側を離れられる状況かわからない今この場で、月花に助けを呼ばせてはいけない。月花がここで見聞きしたことを正確に仙道に伝えれば、彼が最善の手を考えてくれる。

「行って！」

月花が鋭い金色の矢のように窓から飛び出して行く様子を見守ってから、まゆは重い机を窓の側に引きずり始めた。机の上に椅子を重ねても少し高さが足りないだろう。他に何か重ねられるものがないか、ほとんど調度品のない部屋を見回しながら、まゆは必死に考え続けた。


アルビノーニを迎えたレオンハルトは、自分に向けられた銃口を見ても逃げ出そうとはしなかった。軽く微笑みを浮かべて青年は言った。

「やはり、あなたが幕を下ろすのか、フレイヤ」

引き金にかけられた指先から力が抜ける。アルビノーニは呆然と、レオンハルトを見やった。

「いつから、気づいていたのです？」

彼が、魔女の孫息子アルビノーニではなく、魔女フレイヤその人であることを。

「ごく最近だ」

レオンハルトは、幾度となく対戦したチェス盤を挟んだ椅子にアルビノーニを手招いた。時間を稼いで隙を見て銃を奪うつもりかと勘ぐったが、そんな素振りは欠片もなかった。ここは、ともかく腹を割って話をしようと、アルビノーニは銃をしまった。図書室の扉はレオンハルトの意志を汲《く》んで固く閉ざされていた上に、アルビノーニも重ねて封印を施したから、話を終えるまで邪魔が入る心配はない。

少しだけ東の空が白み始めている。長い夜がもうすぐ明けるのだ。

「私はずっと長い夢の中にいて、記憶も曖昧だった。城とこの身が滅びる運命ならば、それを受け入れるしかないと。だから、過去に向かい合うこともなく、今日まで流されてきたのだ。だが、私はシェーラの手を取ってしまった」

彼女だけは巻き込むまいと、あえて遠ざけてきたのに、運命は二人を引き合わせてしまった。レオンハルトの心は今やシェーラのもとにある。だがシェーラの心はわからぬまま、今、永久の別れが迫ろうとしている。

「想いが通じずとも構わない。彼女が健やかで幸福に生きていけるなら。だから今一度、できることを全てやりたい。そう願い、記憶を遡《さかのぼ》り、真実を知ろうとした」

「それで気づいたのですね。母の乳母フレイヤに孫息子などいなかったことを」

「あなたは、私の父を恨んでいたね、フレイヤ」

アルビノーニは小さくうなずいた。確かにフレイヤはレオンハルトの父ベルジュ侯爵を恨んでいた。十六歳のシーリーンは買われて来たも同然に嫁いだのだ。

侯爵はシーリーンを溺愛《できあい》した。この優美な城を建て、シーリーンの故郷の花で城を埋め尽くした。城だけでなく村の隅々までも。でもそれは美しくも強固な檻であった。シーリーンは籠の鳥である人生に耐え切れず心を病んだが、侯爵は主人を故郷へ帰せと強固に訴えたフレイヤに決してうなずかなかったのだ。

フレイヤはいっそ侯爵を呪詛《じゅそ》しようとしたが、既に彼との間に息子を得たシーリーンに諫められた。若くして亡くなったシーリーンの遺言という言霊《ことだま》に縛られたフレイヤは、残されたレオンハルトを守護することとなった。全く不本意ながらレオンハルトを新たな主人として、しぶしぶその身を守ることになったのだ。

「母の死後、あなたは父に義理を立てる必要もなく、あっさり守護を外したから、父は落馬事故で呆気なく亡くなった」

レオンハルトは十七歳という若さで侯爵となり、フレイヤはいやおうなく彼を支えることになった。

「最初は確かにシーリーンの言霊に縛られてのことだったけれど、ずっと見守っていれば多少の情はわくものです。あなたに仕える人生も悪くはないと、私は思い始めました」

レオンハルトは結婚し、娘も生まれた。幸福な日々が続く筈だったのだ。

「火事の折に、私はあなたの記憶を改竄しました」

フレイヤは城を炎から救い、レオンハルトを肖像画に閉じ込めたことで命を落としたと思い込ませたのだ。青年に姿を変え、フレイヤの孫息子を名乗った。自身も生まれ変わり、新たな気持ちでレオンハルトに使える決意でもあったのだ。

「シーリーンが不幸に亡くなったのも、あなたが苦しむのも、魔女である私には人の世のせいとしか思えなかった。人の世を離れることこそが、あなたの平穏であると真実そう思っていたのです」

「この二百年、私を呪いから解き放つため尽力するふりをして、実はさんざん邪魔をしてきたというわけだな」

言葉の内容ほどには、レオンハルトはアルビノーニを責めているようではなかった。彼は、人としての人生を取り戻すことに、それほど必死ではなかったのだ。

「シーリーン様を不幸に死なせた男の息子に対する復讐だったのかもしれませんね。でも、あなたの魂の平穏を願ったのも本当です」

「ああ、そうだな」

「あのままでいたら、私たち二人は打ち捨てられた古城で、いつか儚くなっていたでしょう。けれど、城を買い入れようなどという妙な人物が現れたから」

城に現れたのは、世捨て人同然の日々を送っていたアルビノーニでさえ名を聞いたことのあるベストセラー作家だった。まだ二十代後半という若さで筆を折ったという彼は、残りの人生を過ごすために山深い、廃墟と化した城を買い入れたのだ。

「フリードリッヒが、私たちを変えてしまった」

「あの方も、私たちによって変わったのでしょうけれど」

いつだったか、老ブランケンハイムが言ったことがある。

まさか自分が結婚して、子を持つことになるとは思っていなかった。使いきれぬほどの大金を手にして、大都会で華やかな生活を送った末に、全てが煩わしくなって、逃げ込んだ古城。そこに引きこもって、何にも心を乱されず生きていくつもりだったのに。

ベルジュ城の悲しい歴史を知った時、一人は淋しいと思った。

「フリードリッヒは、幸せになるべき男だった。彼の幸福を奪ったのは、私たちだ」

レオンハルトの言葉に、アルビノーニは目を伏せた。彼には、忘れることができない光景がある。

冷たい雨の中、ベルジュ城では伯爵の子息とその妻の葬儀が営まれていた。明るく聡明な人柄で村人からも慕われていた二人のために、別れを告げる人の列は丘を越え、どこまでも続いた。息子夫婦を失ったブランケンハイム伯爵は、自身こそが死人のような顔色をしていた。白い喪服の少女が、彼を支えるように立っていた。両親を失ったばかりの七歳のシェーラだ。

あの時アルビノーニは、真実心から、この城を呪いから解き放ちたいと願ったのだ。これ以上、誰一人として失ってはいけない。

けれど、時すでに遅かった。アルビノーニは、自身がかけた筈の呪いを解くことができなかったのだ。そのことに気づいた瞬間の、足元が崩れ落ちていくような絶望を今も鮮明に覚えている。

フレイヤであることを自ら捨てたからなのか、サフィール学園の蔵書と共に呼び込んでしまった力のせいなのか、理由はわからない。残されたのは、レオンハルトを救うことができないという事実だった。

ただ一つ、残された手段を除いては。

「あなたは、私が改竄した記憶を取り戻したのでしょう?」

アルビノーニの問いかけにレオンハルトは、微笑んだ。

「ああ、救われた」

「では、偽りの記憶であなたを苦しめた、私を恨んでいるのでしょうね」

「いや。長き歳月、共に過ごしたのがお前であって、幸福だった。感謝こそすれ、恨みに思うことなど欠片もない」

「それでは、共に死んでいただけますか？」

レオンハルトは静かにうなずいた。

「城を守り、シェーラの未来を守ることができるのならば、喜んで」


机の上に椅子を乗せて、さらにその上には机から抜いた引き出しを三つ重ねた。相当に危なっかしいバランスだが、まゆは何とか椅子によじ登った。母のアリエルが目にしたら卒倒しそうだ。行儀うんぬんの話ではない。転げ落ちても死にはしないだろうが、確実に怪我はするだろう。

グラグラゆれる引き出しの上に立ち上がって精一杯手を伸ばすと窓の格子を掴むことは出来た。それから、鍵を外すことも。次は窓を開いて、それから懸垂の要領で体を持ち上げれば良いのだが、そこでまゆは止まってしまった。

体を引き上げるほどの力はなく、今さら戻ることもできず、いたずらに体力だけが消耗されて行く。背伸びして格子にしがみついたまま前にも後ろにも行けず泣きたくなった時、誰かの手が伸びてきてまゆの腕を掴んだ。

「お師匠！」

「あなたは、まったく……どうして、大人しく待っていないんですか？」

城の外から回った仙道はまゆの腕を支えたまま、片手で格子を動かした。さび付いていたようでかなり時間がかかったが、ようやくまゆの体が通り抜けることができるくらいの隙間が生まれた。後は軽々と、仙道がまゆの体を引き上げてくれる。

「シェーラ様は？」

「少しの間なら月花に任せておけます」

「図書室です。アルビノーニを止めないと」

ターン。

その時、鳴り響いた乾いた音に、まゆはびくりと身をすくませた。

「銃声のようですね」

まゆは地面から跳ね起きた。アルビノーニの部屋は城の裏手側にあったから、ぐるりと城を回り仙道が開けておいてくれた扉から城に飛び込む。階段を駆け上がり図書室にたどり着いたのは仙道が先だった。だがドアノブは動かなかった。遅れて駆けつけたまゆも扉を叩くが、びくとも動かない。

図書室の扉に鍵はついていない。扉が開かないのは、中にいる者の意志なのだ。決して静寂を乱されまいとする、レオンハルトとアルビノーニの想い。まゆは、目の前に立ちはだかる図書室の扉を睨みつけた。その向こうに、倒れ伏すレオンハルトの姿が見えるような気がした。

アルビノーニはレオンハルトと自分が命を落とせば、それで城とシェーラは救われると言ったけれど、そんな終わり方は間違っている。

封印をした者よりも、開こうとする者の意志が勝《まさ》れば、扉は開く。まゆの想いよりも、レオンハルト達の意志の方が強いということだ。今この扉を開くことができる者がいるとすれば、それはただ一人だ。

「蜂蜜があれば」

まゆは歯噛みした。蜂蜜があれば過去見ができる。もつれた糸を解きほぐすことができるのに。

「チューリップの蜂蜜はないけれど、花に蜜はありますよ」

ふいに、仙道がそう言った。

「蜜？」

「ジュリアさんに話を聞くことができました。あの方は父親の代から厨房を任されているということなので」

「それで？」

「この城には確かに代々伝わる蜂蜜はありません。シーリーンが愛した花であるチューリップからは蜂蜜が取れませんから。ただ、シーリーンは、ことに心を病んでからは、チューリップの花を食べたと」

チューリップの中には食用に栽培されている物もある。でも、仙道が言っているのはそういうことではないのだろう。シーリーンはチューリップの花を食べ、その蜜を口にしていたのだ。

「フリッツは、そのことを知っていたと思いますか？」

「ええ」

老ブランケンハイムから預かった革の手帳は、まゆの部屋に置いてある。手帳を受け取ってから少しもたたないうちに老ブランケンハイムは亡くなって、まゆはまだ中味を読むことができないでいる。あそこにはきっとチューリップのことだけでなく、その花を愛した人のことも綴られている。

老ブランケンハイムの威厳ある佇まいと、チューリップの話をする時の子どものような表情を、まゆは思い出した。

「シーリーンの肖像画を見ただろう。あの絵の中で彼女が胸に抱いている赤い花が、この地に持ち込まれた最初のチューリップだと言われている」

あの人は、そう言った。そして教えてくれた。

「長い歳月をかけて改良され球根で殖やすことが主となってからは、蜜腺は退化していったのだ」

あの後、まゆは図書室の植物図鑑で調べたのだ。

栽培用に品種改良されたチューリップは球根で増やすことを前提にしているから受粉の必要はなく、蜜を作ることもなくなる。だが原種に近いチューリップならば蜜腺を持っているものもある。

まゆは窓辺に駆け寄りチューリップの庭園を見下ろした。球根で増えるチューリップの場合、今年咲く花は去年咲いた花と同じ物だとも言える。十年前、二十年前も。

この庭園の中に二百年前から咲き続けているチューリップがあるかどうかはわからない。老ブランケンハイムは、城が無人で捨て置かれた歳月の中で、庭園は壊滅的に被害を受けたと言っていたのだ。それでも、二百年前の真実を知る花があるかもしれないのだ。

まゆは、その可能性に賭けることにした。

その時、細く開かれたシェーラの部屋の扉から月花の声がした。

「仙道、来てくれ。様子が変わった」

仙道がシェーラの部屋に飛び込んで行く。後を追いたい気持ちをこらえて、まゆは廊下を駆け出した。

城を埋め尽くすチューリップ。だが図書室の窓から見ることができる区画は決まっている。図書室に引きこもっていたシーリーンが眺めることができる花は限られているのだ。答は、きっとそこにある。

玄関ホールで、まゆは一瞬だけ足を止めた。十六歳のシーリーンと彼女を守る乳母のフレイヤ。シーリーンが腕に抱いているのは赤いチューリップだ。赤と言っても明るい色ではなくて、ぶどう酒のように深い色だった。

あの花の名を知っている。古い言葉で炎を意味する花の名は。

「フレイヤ」


空は東の方から少しずつ明るくなってきたけれど、チューリップの庭園はまだ薄い闇に包まれ花々の色はわからない。まゆは時々立ち止まっては図書室の窓を見あげて、自分の位置を確認しながら、シーリーンの花を探して歩いた。

図書室に閉じ籠ったその人が窓から見つめ、その花を口にしたというチューリップ。魔女フレイヤも、その花を守りたいと願っただろう。レオンハルトの命を肖像画に留めたように、彼女ならば二百年にわたりチューリップをこの地に留めた筈だ。フレイヤ亡き後も、彼女の孫息子が、そして老ブランケンハイムが、その遺志を継いでいたとすれば。

花はある。必ず、ここにある。

いつの間にか、朝露でドレスの裾がぐっしょりと濡れていた。まゆは、ようやくその花のもとにたどり着いた。その花が昨日まで咲き誇っていた場所に。

「……そんな」

力が抜けて座り込みそうになった。ちょうど、まゆが両手を広げたくらいの四方のチューリップが全て茎の半分から切り取られていたのだ。そこだけぽっかりと穴が開いたように、花がなくなっている。だからこそまゆは確信した。自分の考えは間違っていなかったのだ。

ここにはシーリーンが愛したチューリップが植えられていて、それは二百年の昔から古城とそこに暮らす人々を見守ってきた。まゆか仙道がその花から何かを探り出すことを恐れたアルビノーニが先回りして処分したのだ。

まゆは懸命に考えた。アルビノーニがこのチューリップを切り取ったのは、そんなに前のことではない筈だ。昨日の昼間までに彼が庭で作業をしていれば誰かがきっと不審に思っただろう。夜には図書室でみなと一緒にいて、そこでシェーラが倒れた。

まゆを閉じ込めたアルビノーニは、そのままレオンハルトの元に向かった可能性が高い。

そうなると、チューリップが切り取られたのは、仙道とまゆがシェーラの体内の時を止める術を使っていたあの数時間だ。いずれにしても、城外まで花を捨てに行く時間はなかった筈だ。

まゆはチューリップ庭園を駆け抜けた。敷地の端に焼却炉があるのだ。あれは決まった曜日の昼間だけ使うと聞いた。チューリップはまだ燃やされていない。切り取られて数時間。水につけられていないなら弱ってしまっているだろうが、枯れてしまうほどではない。

まゆは焼却炉の前の地面に座り込んだ。チューリップの残骸はそこにあった。地面にぶちまけられて踏みにじられている。真紅の花がぐしゃりとつぶれ、土にまみれていた。

まゆは何とか形の残った花を一つずつ拾った。涙が溢れてくる。

「ごめんね、こんなこと……ごめんね」

無残な花に、まゆは詫びた。人の勝手で傷つけられたチューリップが可哀相《かわいそう》でならなかった。触れるだけでバラバラと花弁が散り、蜜腺が現れた。シーリーンがそうしたように、まゆはその蜜を口に含んだ。ジャリリと土の味が強いが、蜜の味がじんわりと口の中に広がる。

ぎゅっとチューリップを胸に押し当てて、まゆは城を仰ぎ見た。ベルジュ城は赤く染まっていた。あれは朝焼け、いや違う。二百年前、城を包んだ炎だ。

この花は見ていた。悲しみの一部始終を。

ふいに、掌に光が生まれた。チューリップの残骸が微かに震え、光を放っている。壊れやすい古い書物を開くように、まゆはそっと掌を覗きこんだ。そこに小さな、本当に小さな世界があった。

蜂蜜を通してみるほど鮮明ではない。まして、カスミや彼の守り蜂と旅した過去世には遠く及ばない。おぼろげな映像に、まゆは懸命に目を凝らした。

霧のような雨が降る灰色の世界。喪服を着た大勢の人たちが、地に降ろされる棺に最後の別れを告げている。白い服を来た少女は、シェーラだ。まだ七つほどの幼いシェーラ。これはきっと、彼女が両親を送った日なのだ。

おそらく十五年ほど前の出来事なのに、シェーラの傍らに立つ老ブランケンハイムは驚くほどに力なく、まゆが知る姿よりずっと年老いて見えた。今にも崩れ落ちてしまいそうだ。彼の手はシェーラの肩にかけられているが、それは孫娘を力づけ支えるというよりも、その小さな体に縋りついているかのようだった。

シェーラは凛と立っている。雨に濡れながら、彼女はまっすぐに前を向いている。

まゆは唇を噛みしめた。今、時を超えることができるなら、あの小さな体を抱きしめてあげるのに。まゆよりもずっと幼くて、運命に押しつぶされそうなシェーラを、どうして誰も守ってくれないのか。

まゆはその時、葬列の中にアルビノーニの姿を見つけた。彼もまた、ひどく頼りなげだった。執事として葬儀を取り仕切っている様子だが、まゆが知るふてぶてしいほどの落ち着きはなく、何かに怯えているようにすら見えた。

そして、レオンハルトの姿は見えない。彼は図書室を出ることができないから、当たり前だ。図書室の、シーリーンの窓辺から彼はずっとシェーラを見守っていたに違いない。

掌の中の光景が、ぱっと切り替わった。それは図書室で、でも今の整然とした部屋ではない。床には本の山が幾つも積まれ、書棚にはまだ棚板もはめられていない。

本の山の間を足早に動き回る青年が誰なのか、まゆはとっさにはわからなかった。

「……フリッツ？」

仙道よりも若く見える青年は、若きブランケンハイム伯爵だ。城を買い入れてすぐの頃なら、確かにあの人は二十代後半だった。

何やら腹立たしいことがあったようで、手にした羽根ペンとノートを振り回して、子どものように地団太《じだんだ》を踏んでいる。彼が腹を立てている相手は、予想の通りアルビノーニだった。こちらは今と少しも変わらぬ姿をしている。飄々《ひょうひょう》と言いかえし、若き伯爵をますますいきりだたせている。

でも、二人の間に流れる空気は、どこか楽しげで優しい。

まゆがこうして眺めるように、少し羨ましいような気持ちを抱えながら、レオンハルトも彼らを見ていたのかもしれない。

少しずつ時が巻き戻されていく。映し出される画像は、どんどん不鮮明に、短く、途切れ途切れなものになっていった。

カーテンが引かれた部屋は暗く、豪奢な寝台で眠るレオンハルトの額と首元には包帯が巻かれていた。目覚めるなり、彼は何か叫びだした。メイドが駆けつけてくるが、吠《ほ》えるように泣き叫び枕元の水差しを薙《な》ぎ払う主の姿に、逃げ出していってしまう。

残ったのは背の高い一人の老女。あの人は、シーリーンの乳母だった魔女フレイヤだ。言葉は聞こえないものの、彼女は厳しい表情で何かをレオンハルトに告げている。決して優しくはない。けれどフレイヤは、他の者のようにレオンハルトから逃げ出しはしなかった。

娘を失って半狂乱になる主の傍らに、彼女だけは寄り添ったのだ。愛するシーリーンの息子だから？

「似てる」

まゆは、思わずつぶやいた。

肖像画では気づかなかったけれど、フレイヤの灰色の目は、あの人に似ている。もっとよく見ようと掌に顔を近づけた瞬間、ぐらりと映像が切り替わった。

金髪の幼子が無邪気に笑っている。まだ三歳くらいの子どもが椅子によじ登って、テーブルに手を伸ばす。テーブルにある銀製の器を取ろうとしているのだ。蓋付きの器の中にはきっと、大好きなお菓子が入っているのだろう。

でも、危なっかしくて見ていられない。

子どもが体勢を崩したのは、その時だった。

椅子から落ちそうになった小さな手が、赤い格子柄のクロスにしがみつく。少女の体は転がり落ちて、テーブルの上の物がバラバラとなだれ落ちてきた。

銀製の器と、煌《きら》めくガラスのランプが。

八章　明けの空

「お師匠！」

　まゆはノックもせずに、扉を開け放った。シェーラの様子を見守っていた仙道が流石に驚いたように振り返る。

「まゆ、いったい何を」

「ぜんぜん、違ったんです。城に伝わる話も、レオンが信じていることも、本当のことじゃなかったんです」

「過去見に成功したのですか？　花は見つかったのですね」

「シーリーンのチューリップは見つかったけれど、ボロボロで……過去見は断片的にしかできませんでした」

　そもそも、まゆは蜂蜜を通して過去見をするのだ。直接に花から蜜を吸って過去を見ようとしたのは、これが初めてのことだった。

「でも、わかったことはあります。レオンの娘、エヴァンゼリンは生きてます。あ、二百年前の火事の後はってことですけど」

「一族帳でアルビノーニが改竄したのは、そのことなのですね。エヴァンゼリンが火事で命を落とし葬儀が行われたように」

「本当は、あの時に助かっていて、でも貰われて行ったんです」

そこまで一気にしゃべって、まゆはようやく息をついた。走り回って、過去見をして、さっきから息があがっている。仙道が水差しから水を汲んでくれた。いつもなら、そこに蜂蜜を入れてくれるのだが今は冷たい水だけだった。それでも渇いた喉に水は染みこんで行く。

まゆは、眠り続けるシェーラ様を目覚めさせてください」

「お師匠。シェーラ様を目覚めさせてください」

仙道は難しい顔をした。

「時を動かして、どうするつもりです？」

「レオンを救うことができるのは、シェーラ様だけです。もしそれが叶《かな》わなくても、シェーラ様には真実を知る権利があります」

過去を明らかにしたからといってフレイヤの呪いが解けるわけではない。城は崩れ、シェーラも命を落とすかもしれない。でも、この人を淋しく辛い過去に囚われたままで死なせることだけはできない。

仙道は少しの間、まゆの目を見つめていたが、やがて小さくうなずいた。

「まゆ、ここに座って」

仙道はシェーラの枕もとの椅子を示した。

「彼女の手を握ってあげなさい。そして話してあげなさい。あなたが知りえたベルジュ城の真実の歴史を」

まゆは椅子に座り、シェーラの手を取った。意思なく投げ出されたその手は重く、冷たく、命が通っているようには思えなかった。

まゆはかつて、トコネムリで命を落とす前の女性に会ったことがある。虚《うつ》ろな目をしたその人の背後には極彩色の花が見えた。やせ衰えた体に蔓を巻きつけ命の炎を吸い上げて咲き誇る魔の花。

「シェーラ様に、私の声が聞こえているんですか？」

あの人は、誰の呼びかけにもどんな物音にも反応しなかった。

「彼女は、深い眠りの中にあります。死に限りなく近い場所です。でもあなたの言葉が真実ならば、きっと届くでしょう。戻ってくるかどうかは、彼女の気持ちにかかっています」

まゆは両手でシェーラの手を包んだ。少しでも、ぬくもりが伝わるように想いを込めて。

「二百年前に城を燃やした炎は、レオンの手によるものではありませんでした。あれは、エヴァンゼリンがランプを倒したことによる失火だったんです。レオンは娘を助け出すことで精一杯で、炎を消し止めることができなかった」

レオンハルトはエヴァンゼリンを炎から助け出すことができたが、二人とも煙を吸い危険な状態だった。特に娘をかばったレオンハルトは火傷も酷く、長い間意識が戻らなかったのだ。

「エヴァンゼリンを引き取ったのは、レオンの別れた奥様でした。彼女は娘を置いて出たことを、ずっと後悔していました。エヴァンゼリンは母親と新しい父親のもとで、幸せだったんですよ」

彼女の行く末の全てを見ることはとうていできなかったけれど、少なくとも幼い少女は母親に抱かれて笑っていた。

「レオンは心のバランスを崩していて……火事の後、長く続いた昏睡《こんすい》状態の中で自身の記憶を書き換えてしまったんです。全ての不幸は自分が引き起こしたものだと。自分は決して幸せになれない、なってはならない人間なのだと。退院して城に戻ってからも幾度も死を選ぼうとして、だからフレイヤは彼を肖像画に封じました。罰ではなく、彼を保護するために。どうしてレオンが冷静さを取り戻した後も、フレイヤが、彼に誤った過去を信じ込ませたままなのか、それは、わからないんですけど」

「フレイヤ？」

月花が口を挟んだ。

「彼女は火事を消し止め、レオンハルトを封じたことで命を落としたんじゃなかったか？」

「フレイヤは生きているの。アルビノーニが、フレイヤなの」

「アルビノーニがフレイヤ？」

仙道が聞きかえす。

「どういうことです、まゆ」

「あの人は魔女の中でも、ものすごく古い魔女で、名前や性別をどんどん取りかえて生きてきたんです。ずっと同じ姿のまま時を重ねる魔女もいるけれど、幾度も脱皮をするように新たな姿を得る魔女もいるみたいです」

「あいつが元凶だったのか」

「元凶っていうのは、ちょっと違うと思うんだけど……」

まゆは眠るシェーラを見つめた。

「今、図書室でアルビノーニとレオンは死のうとしています。二人の死でベルジュ城の呪いを完結させようとして」

ぴくりと、その時まゆは手の中でシェーラの白い指が微かに震えたことに気づいた。

「アルビノーニが言ったんです。そうしたら、シェーラ様だけは守ることができるかもしれないって。二人を助けられるのは、シェーラ様だけです。だって、レオンは……」

レオンハルトはシェーラを愛しているから。アルビノーニもまた。

その言葉を、まゆは飲み込んで目を伏せた。それを告げるのは自分の役目ではないと思ったからだ。

「……まゆ」

吐息のような微かな声に、まゆは弾かれたように顔をあげた。美しい深緑の瞳が自分を見上げていた。その瞳には涙が溢れている。

「シェーラ様！」

まゆが思わず声をあげると、仙道の手が制するように肩にかけられた。仙道は静かな声で聞いた。

「ご気分はいかがですか？」

「ええ、大丈夫。とても深く眠っていたような気がする」

シェーラは寝台から身を起こそうとした。まゆは慌てて手を添えた。

「あなたの声が聞こえたわ、まゆ。でももう、過去の物語は要らないの」

「シェーラ様」

「今の私が、今のあの人を愛しているの。そのことに、気がつけたから」

ふらつく体を無理矢理に起こして、シェーラは寝台から降り立とうとした。

「私、行かなくては」

図書室に、二人のもとに。


図書室の扉は、シェーラの前にも閉ざされたままだった。ノブを掴んだまま目を閉じたシェーラの額に汗が滲む。彼女は力を込めているわけではない。そんなことで、扉が開かないことはわかっているのだ。

小さなため息をついて、シェーラはまゆを振り返った。泣き出しそうな目をしている。

「駄目、開かないわ」

「工具を持って来て、ぶち破るしかないか」

月花の言葉に、まゆはぎょっとした。物騒な内容だからではなくて、シェーラの前で守り蜂が擬態することなく飛び回り、あまつさえしゃべったからだ。

普通の人に、守り蜂の声は聞こえずただ蜜蜂が飛び回る羽音としか響かない筈だが、シェーラは普通の人ではない。魔術の色濃い古城の主にして、魔女と共に日々を過ごして来たのだ。案の定、シェーラは月花に目を止めて、微かに笑った。

「金のマスターは守り蜂を連れているということを、すっかり忘れていたわ。今までどこに隠れていたのかしら？」

「失礼をお詫びします。彼は私の守り蜂で、月花と言います」

仙道が紹介すると、シェーラは自然に守り蜂に話しかけた。

「扉を破っても無駄よ」

扉を壊そうが壁を壊そうが、図書室は足を踏み入れることを許さないだろう。

シェーラにすら開くことができないなら、他に手はない。

「こんな時、おじい様がいてくださったら……」

老ブランケンハイムならば、レオンハルトに呼びかけることができたかもしれないのに。

救いを求めて辺りをさまよったまゆの視線は、ふと、廊下の角に吸い寄せられた。小さな白大理石のテーブルに、黒い磁器の水差し。無造作に生けられているのは、チューリップだった。

それも魔女の呪いなのか、あるいは本来の寿命なのか、館のあちらこちらに飾られた花たちの多くは散りかけていた。開ききって、うなだれた赤紫の花は見ようによっては、無惨で不気味な印象を与える。枯れかけた花びらの先端、黒ずんだような茎。けれど、まゆの目には、それはひどく懐かしく、美しい物として映った。

まゆは、テーブルに近づいて、そっと花びらに触れた。それだけで花びらがはらりと落ちた。シーリーンの花を探すうちに泥だらけになった掌を、また新しく金粉を思わせる花粉が染めた。

「どうしたの？　まゆ」

図書室の扉に手を置いたまま、シェーラが尋ねた。まゆは懸命に考えた。今、何かが心をかすめたのだ。

花の盛りを終えてうなだれているチューリップ。必ず枯れて、散っていくそのことが、生きている証。

「あ……」

まゆは身を翻した。図書室の前に駆け戻り、花粉と蜜で汚れた手をノブにかける。老ブランケンハイムの言葉を思い出したのだ。

図書室にはチューリップを飾らない。それは、変わらない姿のままでいる花を、レオンハルトが嫌うからだと、あの人は言った。レオンハルトが望んでいたものは、刻々と変わりゆく命だった。たとえそれが失われるものであるとわかっていても……決して留まることを望まない。

チューリップの花に込められた想いが、彼のもとに道を開いてくれることに、まゆは賭けた。祈りとともに力を込める。

（どうか、開いて。シェーラ様をレオンのもとに導いて）

すると、扉は静かに開いたのだ。


その部屋に足を踏み込んだとたん、襲いかかってくる空気の重さに、まゆは一瞬、怯んだ。しんと凍り付いた世界、塵一つ動かぬほどの、圧倒的な沈黙だ。この部屋はいつも、どこか水底を思わせる静けさに満ちていたけれど、今は光の届かぬ深海を思わせた。

立ち竦むまゆの傍らをシェーラがすり抜けて行った。水底を行く彼女の足どりは揺るぎない。もう、逃げない。失われた過去からも、レオンハルトからも、決して目をそらさない。

毅然《きぜん》と顔をあげて、それでもあくまで優美なその人の背を、まゆも一生懸命追いかけた。仙道と月花が続く。

すっかり馴染《なじ》みになった、少しばかりかび臭い書物のにおい。高い天井、どっしりとした書棚、迫り来るような皮表紙の本、本、本。

書棚の間に膝をつく人を見つけたのは、まゆだった。

「アルビノーニ！」

両の手で古めかしい拳銃を握り締め、うつむくその人が何をしたのか、答は明白だった。

彫像のように身動き一つしないその身を、まゆは思わず支えた。

突きつけられた現実を恐れながらも、まゆは銃口の向けられた方向に、視線を投げた。

そして、シーリーンの長椅子に横たわる人影を見たのだ。深海の色をしたドレスが泉のように広がって、彼はまるで眠っているようだった。

「レオン！」

悲鳴のような声で名を呼びながら、シェーラはレオンハルトに駆け寄った。崩れ落ちるように、長椅子に横たわる彼の傍らに膝をつき、シェーラはレオンハルトの頬に、そっと手を触れた。まゆは、息を飲んで二人を見守った。

「レオン！　レオンハルト！」

シェーラの呼びかけに、レオンハルトのまつ毛が、震えたようだった。血の気を失った彼の頬に、シェーラの瞳から溢れる涙が跳ねた。

「レオン、お願い。目を開けて」

シェーラの頬には後から後から涙の粒が走り、それは次々とレオンハルトの頬に落ちていった。水晶のように清らかな涙だ。

まゆの目にも涙が溢れた。ぐっと歯を食いしばり泣き出すのを堪《こら》える。

間に合わなかった？

その時、涙で滲むまゆの視界の中で、ふわりとレオンハルトの腕が動いた。目を閉じたまま、そこに求める人がいることを感じ取ったように、彼はシェーラを引き寄せた。ゆっくりと、瞳が開かれる。

「……シェーラ？」

自分の目にしたものが信じられないというように、レオンハルトは囁いた。まるで大きな声を出したら、この現実が夢と消えてしまうと怯えるように。

その人の瞳を見た時、呼び声を聞いた時、シェーラは確信したのだろう。レオンハルトを、愛しているのだと。どんな過去が二人の間に立ちはだかろうとも、かまわない。今この瞬間に、レオンハルトを愛しているのだと。

まゆは目を閉じて、祈った。

(シーリーン。どうかレオンを連れて行かないで)

誰かが息を飲む微かな気配がした。そして、ふいにとても懐かしいような、それでいて聞きなれない声が、シェーラの名を口にしたのだ。

「シェーラ」

まゆは目を開けた。長椅子から身を起こそうとしているのは、古風なドレスを身に纏った貴婦人ではなく、一人の青年だったのだ。書棚の奥に飾られた絵と同じ服を着て、琥珀色に深く輝く瞳はまっすぐに、シェーラだけを見つめていた。

「レオン？　本当に、レオンなの？」

「ええ、私です」

うなずく青年の頬に、シェーラはそっと指先で触れた。幻ではないかと恐れるように、そっと。

「嘘じゃないわね。本当に……」

ささやきは、抱き寄せられた胸の中に消えた。二人の間に、言葉は要らなかった。

まゆは、老ブランケンハイムの物語を思い出す。彼の物語は、こんな言葉で終わっていた。

『そうして、呪いが解けた王子は、姫ぎみと末永く、幸せに暮らしました』

「まさか、呪いが解けるとはね」

すっかりシェーラとレオンハルトに魅せられていたまゆは、すぐ後ろから響いた声に、ぎょっとして振り向いた。ほんの少し前まで、力なくうつむき膝をついていた男が、何故だか涼しい顔をして主たちを見つめていた。

ほんの少し前まで、あんまり頼りなさそうに見えたから、心配してその身を支えていたというのに、アルビノーニは無造作にまゆを押しのけて立ち上がった。

「なんで？　銃声がしたのに……」

アルビノーニが銀の銃弾でレオンハルトを撃って、それでレオンハルトが倒れた筈だ。

「撃ちましたよ。私は本気だった。銃弾は間違いなく、レオン様の心臓を貫《つらぬ》いた筈だったのに」

アルビノーニは手にした銃の弾倉を開いた。残されている銃弾を摘み上げる。

「何かでコーティングしてあります」

「え？」

「甘い香りがする。あなたなら、これが何かわかるでしょう」

火薬の匂いにかき消されそうな微かな香り。でも、まゆがその香りを他の何かと間違える筈がない。蜂蜜の香り、これは蜜蝋《みつろう》だ。銀の銃弾は、蜜蝋でコーティングされていたのだ。だから銀の銃弾は、魔の存在であるレオンハルトの命を奪わなかった。

アルビノーニですら長く存在を忘れていた銃があることに気づいた者が、先回りをして銃弾に処理を施したのだ。蜜蝋は、封緘《ふうかん》用の物を執務室から勝手に借りたのだろう。まゆの身を守る為に、念には念を入れて細工をしたのだ。

その銃は、まゆに向けられることはなく、別の形で幾つもの命を救った。

いつの間にか、仙道は図書室から姿を消していた。

「全く、忌々《いまいま》しいほど、抜け目のない男ですね。あなたの師匠は」

言葉ほどには棘《とげ》のない口調で言い、アルビノーニは拳銃をポケットにしまい込んだ。二人の主にチラリと目をやってから彼は軽く肩をすくめた。

「あの二人はしばらく放っておきましょう。今日は忙しい一日になりますよ」

老ブランケンハイムの葬儀の準備をしなければならない。悲しみは今も残るが、もう苦しくはなかった。

あの人はきっと、ベルジュ城の行く末に、絶望ではなく希望を抱いて逝ったのだ。レオンハルトとシェーラが必ず、道を開いて行くことを。

「あなたには、老伯のために花を選んでいただきましょう。あの人に相応しい花を」

「はい」

図書室を出て並んで歩いていると、アルビノーニがふと思い出したように言った。

「メアリによると村の女たちが数人、手伝いに来てくれるということです。何やら、あなたの顔見知りもいるとか」

「私の？」

「汽車で会って、蜂蜜のレシピを教えたと言う老婦人です」

まゆは、ぱっと顔を輝かせた。

「エトナさんですね！」

「ああ、そうです。その方が家で採れた蜂蜜を届けてくれるそうですから、使い方はあなたにお任せしましょう」

「エトナさんの蜂蜜は、シェーラ様がお好きな味だと思いますよ」

「ふむ。定期的に城に納めてもらうよう交渉しますかね」

「城でも養蜂をしたらどうかと思うんですけれど」

「チューリップからは蜂蜜は採れないのでしょう？」

「村には菩提樹がたくさんありますよね。蜜蜂は、あれくらいの距離までなら、平気で蜜を探しに行きますよ。城に巣箱を置いて、最初はエトナさんに手伝ってもらったらどうですか？」

ベルジュ侯爵が城を建てチューリップの花を植える前、この村でも養蜂は盛んに行われていたのだ。今でもエトナのように、自分の家で食べる分くらいを細々と続けている者は他にもいるだろう。

「シェーラ様のお口に入るものだから、自家製の方が安全安心だし、それに経済的だと思うんですよね」

「……考えてみましょう」

アルビノーニは心を動かされたようだった。城で養蜂を始めれば、また昔のように城の人たちと村人が触れあう機会も増えるだろう。蜜蜂たちが橋を渡すのだ。

小さな金色の光に導かれ、ベルジュ城の扉が再び開かれる日を思い、まゆは胸を躍らせた。


「まゆ、そろそろ行きますよ」

懐中時計をぱちりと閉じた仙道が言った。

「はい、お師匠」

朝一番の汽車を選んだから、ホームは閑散としていた。仙道とまゆが乗る汽車は後十分ほどで出発するのだ。二つのトランクは既にコンパートメントに運び込んであり、二人は見送りの人たちと最後の言葉を交わしているところだった。まゆは、朝一番に切り取ったチューリップで作った花束を抱きしめていた。

「これを汽車の中で食べてね」

シェーラが籐《とう》のバスケットを渡してくれた。城で朝食を食べる時間がなかった二人のために、厨房を預かるジュリアがつめてくれたのだろう。焼きたてのマフィンの良い香りがする。

「ありがとうございます。シェーラ様には、色々とお世話になりました」

言葉が終わらぬうちに、まゆはシェーラにぎゅっと抱きしめられた。

「それは、私たちの言葉よ。ありがとう、まゆ。あなたたちがしてくれたことを、絶対に忘れないわ。またきっと、遊びに来てちょうだいね」

「シェーラ様こそ、カガミノに来てください。風の気持ち良い場所で、極上の蜂蜜を食べたら、きっとすぐ元気になりますよ」

ベルジュ城の呪いから解放されたとはいえ、長く患っていたシェーラの体は、まだ完全に健康を取り戻したとは言えない。彼女を心配するレオンハルトは、シェーラが駅まで利き蜜師とその弟子を送ると言い出した時も渋い顔をしたものだ。

それでもシェーラの望みに頭から反対することもできず、けっきょく自分もついて来るのだ。恋人と言うより騎士のように、レオンハルトはシェーラにぴたりと従って、とても愛おしい者を見る眼差しをする。

「もちろんレオンも一緒に」

「村ではシェーラと呼んでくれるなら、近いうちに遊びに行くわ」

「それは……頑張ります」

「約束よ」

きれいに笑ったシェーラは、仙道に向き直った。

「サフィール学園の蔵書は、これまで通り責任を持ってわが城でお預かりします」

「利き蜜師協会は心より、感謝いたします」

「そして、あなたとあなたの弟子の前に、図書室の扉はいつでも開かれることをお約束します」

シェーラはあっさりと告げたが、それは破格の申し出だった。世界中の書物が集まり、知の泉と呼ばれるベルジュ城の図書室は本来、一族の者だけしか利用できないものなのだ。

シェーラは言い添えた。

「この先きっと、お力になれる時が来ると思います」

「ありがとうございます」

仙道はシェーラの手を取って、恭《うやうや》しく口づけた。彼は貴婦人に対する敬愛と感謝を示したに過ぎないだろうが、レオンハルトが面白くなさそうな顔をしたことに気づいて、まゆは慌てて仙道の手を引っぱった。

「お師匠、もう発車しますから」

シェーラに対する独占欲を隠さないレオンハルトは子どもっぽいが、それを知りながら敢《あ》えてシェーラの手に口付けた仙道も人が悪い。レオンハルトとアルビノーニに対して、色々と言いたいことを我慢していた仙道としては、意趣返しの一つくらいはしたいのだろう。

仙道にバスケットを預けて、まゆもタラップの手すりに手を伸ばした。

タラップは一段一段がかなり高くて、左手にチューリップの花束を抱えているから、もたもたしていると、ふわりと、アルビノーニが足を踏み出した。軽々とまゆを抱き上げて、ぽんっと汽車に乗せてくれる。

「ありがとう」

意外な親切に戸惑っていると、ふいにアルビノーニがまゆの耳もとに口を寄せた。

「銀黒王」

「え？」

それは、昨春にまゆたちが対峙した銀蜂を率いた王だ。仙道に退けられ姿を消した銀黒王の行方《ゆくえ》はわかっていない。真名を手に入れた自分たちは勝利し、彼《か》のものは消滅したと思っていたのに。

「奴は今、月の古都にいる」

それだけ言って、アルビノーニはさっさと身を翻した。

「待ってよ！」

なぜアルビノーニが銀蜂の王、アンバールの行方を知っているのだろう。月の古都とはいったい、どこにあるのだろう。

慌てて呼び止めようとした時、汽笛が強く鳴った。

「アルビノーニ！」

ガタンと汽車が動き始め、まゆは思わずよろけた。

「危ない」

先に行っていた仙道が戻ってきて、まゆの腕を掴んだ。まゆはアルビノーニを追いかけることを諦めた。ホームで手を振って見送るシェーラに、手を振り返す。汽車はスピードをあげて、見る見るうちに駅を後にした。

「どうしたんです？　まゆ」

仙道が気がかりそうに、まゆを見下ろしていた。

「アルビノーニに、何か言われたのですか？」

まゆはとっさに首をふって、抱えていたチューリップの花束に顔を埋めた。

「いいえ、何も」

スパイスに似た香りの中に、蜂蜜に似た甘い香りが混じっている。香りを持つ品種は少ないというチューリップの中から特にこの花を選んでくれたのは、レオンハルトだ。彼は老ブランケンハイムの後を継いで、母が愛したチューリップ庭園の世話をしていくのだと言う。

だから、まゆは老ブランケンハイムの手帳を彼に渡した。最も相応しい人の手に。結局、あの手帳のほとんどを読むことはできなかったけれど、ひと時でも自分の手の中にあったことを嬉しく思う。

今では、深い森にも似た図書室に、たくさんのチューリップが飾られていた。かつてレオンハルトが閉じこめられていた肖像画の前にも。新たに並べられた老ブランケンハイムの笑顔の前にも。

つぼみは開き、花の盛りを迎え、やがては枯れていくだろう。次の世代に命を渡しながら、安らかな永遠の眠りにつく。それは、二百年の長い間レオンハルトが望み続けた、時の流れだった。

ただアルビノーニだけが、これからも変わらぬ姿で時を刻むのだ。図書室の魔女だけが。

終章　帰郷

水音をかき消す勢いで、きゃあきゃあと響く子どもの声に、鍋をかき回していた母さんが顔をほころばせる。

「珍しいこと、ユーリーがあんなにはしゃいで」

隣室にたらいを持ち込んでお風呂に入っているのだが、ずいぶんはしゃいでいるから、部屋は大変なことになっているだろう。それでも母さんは嬉しくてたまらないらしい。もちろん、ユーリーが楽しそうなのは、サラだって嬉しい。

「すっかり、イリヤになついたねえ。最初は泣くかと思ったけど」

飛行船乗りになると言って家を飛び出していったイリヤ兄さんが、ひょっこり姿を見せたのは今日の昼下がりだ。

喧嘩別れした父さんとの間に雪解けが訪れて、この前の手紙で、秋には一度顔を見せると書いてきたばかりなのだ。それが、休みが取れたからと突然の帰宅だ。ちょうど郵便配達屋さんが持って来た中に帰宅を知らせる手紙があって、母さんとサラがそれを読んでいる時にはもう、イリヤ兄さんは庭先に立っていた。

庭では、ユーリーが一人で遊んでいた。ユーリーは旅の一座の子どもだったが、去年の春に母親を病で亡くしてサラの家に引き取られた男の子だ。家に来たばかりの頃は、ほとんどしゃべらなくて、ずいぶん母さんを心配させていた。今でも村の子どもたちとは、あまり遊ぼうとしない。サラとは話をするようになったし、サラが友達と遊んでいる時は傍らをうろちょろするようになったけれど。

旅の一座で、大人たちから殴られたり年上の子どもに苛《いじ》められたりしていたのだろうと、母さんが言った。だから男の人たちが怖いのだと。

「少しずつ、平気になっていくわよ」

母さんが言った通り、最初は父さんやテオ兄さんのことも怖がっていたユーリーも、今では二人に甘えるようになった。まだ、あんまりしゃべろうとはしないけれど、気がつくと父さんの膝によじ登ったり、兄さんの後をついてまわったりしている。

それでも、よその男の人はまだ駄目だ。しかも、見知らぬ相手。いきなり庭に入って来たイリヤ兄さんに、ユーリーは大きな悲鳴をあげた。

ところが、手紙を放り出した母さんとサラが駆けつけた時には、イリヤ兄さんはがばっとユーリーを抱き上げていた。

「おお、ユーリーか？　イリヤお兄ちゃんだぞー」

　太陽みたいに明るくて朗らかなイリヤ兄さんに、ユーリーはきょとんとした顔をして、それから笑い出した。イリヤ兄さんは荷物も解かずに、そのままユーリーを連れて川に遊びに行ってしまった。いったい何をしたらそこまで汚せるのかと、二人とも泥だらけになって帰ってきたのは、もう日が落ちる頃だった。

　母さんとサラは、イリヤ兄さんの好物を作るのにてんてこまいだ。山の花場にいる父さんにはサラが知らせに行ったから、いつもより早めに仕事を終えてくるだろう。テーブルにお皿を並べながら、サラは大きなため息をついた。

「サラったら、ため息つかないの。仕方ないでしょう」

「秋に帰ってくるって言ったのに」

「秋にも帰って来るわよ。その前に顔が見られて嬉しいじゃない。そりゃ、仙道様が不在なのは残念だけど」

　イリヤ兄さんと父さんの仲を取り持ってくれたのは金のマスターだ。せっかくイリヤ兄さんが帰って来たのに、利き蜜師とその弟子はまだ旅から戻らない。村に一番近い駅に汽車が来るのは日に三度、早朝とお昼、そして夜だ。夜の汽車はとても遅い時間に駅に着くから、まゆを連れた仙道がその汽車を選ぶとは思えない。そして、イリヤ兄さんは明日の朝の汽車で帰ると言うのだ。

「イリヤ兄さんって、いつも、そうなんだから」

風みたいに自由で、みんなを振り回す。でも、誰もイリヤ兄さんを嫌いになれない。

サラは眠る前に、自分の巣箱を見に行った。父さんからお許しが出て、はじめて任せてもらった巣箱だ。それは母屋のすぐ側に置かれていて、今はまだままごとみたいなものだけど、蜂飼いとしてのサラの第一歩だ。

巣箱の前には人影があった。夕食の後で、父さんと二人で出て行ったイリヤ兄さんだ。

「まだ、起きていたのか？　サラ」

「うん。この子たちの様子を見てから寝るの」

サラは巣箱を覗いて、蜂たちに変わりがないか確かめた。

「その年で巣箱を任されるなんて、サラはすごいな。テオは十四歳の時だったし、俺なんて自分の巣箱は持たないままだった」

才能というより、やる気の問題だな。

イリヤ兄さんは、冗談だか本気だかわからない口調で続けて、うんうんとうなずいた。

「まあ、頑張れ」

「父さんは？」

「今、寝室に運んできた。珍しく酔って寝ちゃってさ」

二人が出て行った時は、喧嘩するんじゃないかとみんなで言っていたけれど、その心配はいらなかったようだ。夕食の時も父さんはほとんどしゃべらなかったけれど、イリヤ兄さんがお土産《みやげ》に持って来たお酒の壜を嬉しそうに受け取っていた。

イリヤ兄さんは、みんなにお土産を持ってきてくれたのだ。おばあちゃんには艶やかな刺繍糸、お母さんには陶製のスプーン、テオ兄さんには小型のナイフ、ユーリーには飛行船の模型、まだ赤ちゃんの妹、レナにはタオルでできたウサギ、そしてサラには色鮮やかな図鑑だ。つるつるした紙に印刷された図鑑は、これまでサラが見たこともない立派な物だった。

「でも、なんで乗り物図鑑なのかなあ」

図鑑にはいろいろな種類があったのだ。動物や魚、空のこと、海のこと。

「植物のが良かったな」

「植物図鑑なら、あの人が持っているんじゃないかと思ったんだよ」

「あの人？」

「金のマスター。ああ、そうだ」

イリヤ兄さんは、思い出したように胸のポケットから細長い茶色の紙袋を取り出した。

「これ、お前の新しい友達に」

「まゆのこと？」

「そうそう。お前、良く手紙に書いてきただろう？　利き蜜師の弟子と仲良くなったって」

でも、どうしてイリヤ兄さんがまゆにまでお土産を持ってきてくれるのだろう。

サラは不思議に思ったが、イリヤ兄さんが紙袋から取り出したペンを見てすっかり目を奪われてしまった。ほっそりとしたペンは、月明かりを受けてキラキラと光っている。

「わあ、綺麗。ガラス？」

「友達がガラス職人の見習いをやっていてね。女の子なら髪飾りとかボタンの方が良いかと思ったけど、これが目についていて。綺麗なだけじゃなくて、ガラスペンは書き心地も良くて今、流行《はや》っているんだ」

「うん。まゆは、きっと喜ぶと思う」

「じゃ、渡しといてくれ」

サラは、美しいペンをそっと受け取った。月にかざしてみるとガラスペンは蜂蜜色に輝いた。守り蜂の光を思わせる。

「イリヤ兄さんとまゆ、会えなくて残念だな」

「そのうち会えるさ」

イリヤ兄さんは、サラの頭をぽんと撫ぜた。

「俺もこれからは時々帰るようにするし、利き蜜師たちが飛行船で旅することもあるかもしれないしな」

もう寝る時間だぞ。イリヤ兄さんが歩き出す。煌めくガラスペンをそっと握りしめて、サラはその背を追った。

もうすぐ利き蜜師とその弟子が帰って来る。そんな気がした。


（利き蜜師物語2　図書室の魔女　終）

小林栗奈（Kurina Kobayashi）

1971年生まれ。東京都多摩地方在住。

表の顔は地味で真面目な会社員だが、本性は風来坊。

欲しいものは体力。2015年、第25回ゆきのまち幻想文学賞長編賞受賞。2016年『利き蜜師』で第三回「暮らしの小説大賞」出版社特別賞を受賞し、『利き蜜師物語 銀蜂の目覚め』（産業編集センター）として刊行。

利《き》き蜜《みつ》師《し》物語《ものがたり》2　図書室《としょしつ》の魔女《まじょ》

2017年5月10日　第一刷発行

著者　小林栗奈

装画　六七質
装幀　カマベヨシヒコ（ZEN）

発行　株式会社産業編集センター
〒112-0011東京都文京区千石4-39-17

印刷・製本　大日本印刷株式会社

ISBN978-4-86311-150-9　C0093

第３回「暮らしの小説大賞」出版社特別賞受賞！

『利き蜜師物語　銀蜂の目覚め』

小林栗奈　画：六七質